Charmed

LA FIANCÉE DE NIKOS

Traduit de l'américain
par Florence Mantran
et adapté pour l'édition jeunesse
par Nouannipha Simon

Charmed

La fiancée de Nikos

Une novélisation d'Elizabeth Lenhard
d'après la série télévisée « Charmed »
créée par Constance M. Burge

Édition Jeunesse

POCKET
jeunesse

Titre original :
Soul of the Bride

Série proposée par Patrice DUVIC

Loi n° 49-956 du 16 juillet 1949 sur les publications destinées à la jeunesse : septembre 2003.

ISBN 2-266-13391-8

CHAPITRE PREMIER

— Prue ? M. Cadwell désire vous voir dans son bureau.

La jeune femme adressa un regard surpris à la secrétaire du grand patron. Travaillant depuis peu chez *415*, l'un des magazines les plus branchés de San Francisco, elle n'avait jusqu'à présent échangé que des bonjours polis avec cet homme imposant aux tempes grisonnantes. Ses costumes gris impeccables et son air sévère rendaient Nick Cadwell plutôt intimidant.

Elle répondit à la secrétaire par un léger mouvement de tête et se leva. L'estomac noué, elle traversa les bureaux de la rédaction. M. Cadwell allait-il lui annoncer qu'il la virait ?

La jeune photographe s'efforça de chasser cette idée de son esprit et passa une main dans sa chevelure brune.

— Vous désirez me voir, monsieur ? lui demanda-t-elle d'une voix crispée.

Assis derrière son bureau, il lui fit signe d'entrer.

— Oui. Fermez la porte derrière vous, s'il vous plaît.

Hou là, pensa-t-elle paniquée, *ce n'est pas bon signe…*

— Prue, il faut que je vous dise que…

À quoi bon être une sorcière si je ne peux pas utiliser mes pouvoirs pour disparaître sous terre dans des moments pareils ?

— … j'apprécie beaucoup votre travail.

— Que… comment ? balbutia-t-elle en écarquillant ses grands yeux bleus.

— Vos photos sont éclatantes de vie. Il est clair que vous avez du talent, même s'il est encore à l'état brut.

— Merci !

Elle n'en croyait pas ses oreilles ! Nick Cadwell lui faisait un compliment…

Devant sa mine réjouie, il esquissa un sourire et poursuivit, sur un ton très professionnel :

— Voilà ce que je vous propose : comme nous n'avons encore rien prévu pour la couverture du numéro d'août, à vous de me convaincre. Présentez-moi une photo et, si elle me plaît, vous signez la couverture.

— Quel est le sujet ?

— Vous avez carte blanche. D'autres photographes sont sur les rangs. La compétition sera rude, mais votre carrière peut se jouer là-dessus. Ne laissez pas passer cette chance.

— Je n'en ai pas l'intention, monsieur, affirma-t-elle avec conviction. Merci de m'offrir cette opportunité. Je vous promets d'être à la hauteur.

La jeune femme ressortit du bureau de son patron le cœur battant. Bien trop excitée pour se remettre au travail, elle décida de prendre l'air. Il lui fallait trouver au plus vite une idée géniale et, surtout, annoncer la bonne nouvelle à ses sœurs.

Depuis que Prue, Piper et Phoebe s'étaient installées dans le manoir familial, elles étaient devenues inséparables. À la fois confidentes et complices, elles partageaient les soucis et les bonheurs du quotidien. La découverte – récente – de leurs pouvoirs les avait beaucoup rapprochées. C'était Phoebe, la benjamine, qui avait trouvé le *Livre des Ombres* dans le grenier. L'énorme ouvrage était bourré d'incantations et de secrets transmis par leurs aïeules de génération en génération. Elles avaient aussi appris qu'elles étaient les *Charmed*. Descendantes d'une longue lignée de sorcières, les trois sœurs étaient les magiciennes les plus puissantes de la planète. Leur mission ? Lutter contre le mal et protéger les innocents.

Ensemble, elles détenaient le Pouvoir des Trois, qui les rendait quasiment invincibles et qui attisait toutes les convoitises. Elles ne comptaient plus les démons ou les sorciers qui avaient tenté de s'en emparer. Prue possédait le don de déplacer les objets à distance et de faire des projections astrales, Piper la capacité de figer le temps, tandis que Phoebe avait des visions prémonitoires.

Bien sûr, sauver le monde des puissances du mal n'était pas de tout repos, et cela allait souvent à l'encontre de leurs activités « normales », mais cette fois-ci Prue ferait passer sa vie professionnelle avant tout.

Elle s'installa au volant de sa voiture et démarra.

— Je vais décrocher la couverture du prochain numéro. Rien ne pourra m'en empêcher. Rien !

— Hum… pas mal… sans être très original, mademoiselle Halliwell. Vous pouvez faire beaucoup mieux.

Mme Winter, le professeur d'art de Phoebe, hocha la tête et s'éloigna d'un air hautain.

Moi qui croyais l'épater, j'ai encore tout faux, songea la jeune fille en faisant la moue.

Bien que les études n'aient jamais été son point fort, elle s'était inscrite à l'université avec la ferme intention de montrer à ses sœurs qu'elle aussi pouvait réussir quelque chose. Dépitée, elle posa son pinceau et contempla sa toile, pensive. Elle s'était inspirée d'une œuvre de Van Gogh et y avait ajouté une touche psychédélique.

— Ne l'écoutez pas. Votre travail est tout à fait étonnant, fit une voix masculine derrière elle.

Elle sursauta et jeta un coup d'œil par-dessus son épaule. Le jeune homme qui lui souriait avait le regard le plus troublant qu'il soit. D'où avait-il surgi, tout d'un coup ?

— Je suis nouveau ici, enchaîna-t-il comme s'il lisait dans ses pensées. Je m'appelle Nikos. Et *vous*, vous êtes manifestement l'étudiante la plus douée de la classe. Votre peinture est incroyable, mademoiselle…

— Phoebe… Phoebe Halliwell. Vous pouvez m'appeler…

— Phoebe ? répéta-t-il sur un ton malicieux.

— Euh… oui. Nikos… C'est la première fois que j'entends ce prénom, de quelle origine est-il ?

— De Grèce, répondit-il avec un sourire dévastateur. Je viens d'une très vieille famille grecque.

Troublée, la jeune fille resta muette. Elle ne pouvait cependant détacher ses yeux des siens. Son jean délavé, sa chemise usée lui donnaient un air « sauvage » qui ajoutait à son charme.

— Et… vous travaillez sur quoi ?

Jetant un regard en biais, elle avisa sa toile et retint de justesse un hoquet de surprise. C'était peut-être son premier jour ici mais il était loin d'être un débutant !

— Fascinant ! souffla-t-elle en s'approchant.

Nikos avait peint un paysage marécageux, dont les camaïeux de gris et de brun s'harmonisaient merveilleusement avec le vert de l'eau. D'étranges silhouettes spectrales y flottaient.

Les reflets à la surface des marais semblaient onduler sur la toile et exerçaient une sorte de pouvoir hypnotique. Phoebe se sentit à la fois rassurée et effrayée.

— C'est tellement sombre et lugubre… murmura-t-elle.

Avant de s'empresser d'ajouter :

— … ne le prenez pas mal, au contraire, je… trouve ça bouleversant.

— Je comprends ce que vous voulez dire. Ma peinture reflète mon côté obscur ; mais, dans la vie de tous les jours, je suis très optimiste, très joyeux !

— Oh, vraiment ?

— Oui, et je serais ravi de vous le prouver autour d'un café, si vous acceptez mon invitation, bien sûr…

— Avec plaisir, répondit-elle, le cœur battant. Pourquoi pas après ce cours ?

Piper s'était installée dans la cuisine pour faire les comptes du *P3*, le night-club qu'elle dirigeait. Elle détestait éplucher les factures et se sentait particulièrement lasse. Elle avait l'impression de travailler tout le temps ! La nuit au *P3* et le jour à traquer des sorciers maléfiques... Elle n'avait qu'une envie : se reposer, faire des choses qui lui plaisaient comme lire ou se promener.

— Même mon pouvoir m'ennuie, soupira-t-elle. Prue démarre une nouvelle carrière, Phoebe se passionne pour ses études... Et moi dans tout ça ? Pas étonnant que les garçons me remarquent à peine !

Il y avait bien sûr Léo, dont elle était follement amoureuse, mais cela ne comptait pas. C'était un Ange Blanc ! Il avait beau être super mignon, il n'en restait pas moins un être surnaturel d'environ quatre-vingts ans, archi-occupé de surcroît ! Lui aussi avait pour mission de lutter contre les forces du mal. Résultat : il était presque tout le temps absent...
Perdue dans ses rêveries, Piper n'entendit pas qu'une voiture se garait dans l'allée. La porte d'entrée s'ouvrit.

— Tu ne croiras jamais ce qui m'est arrivé aujourd'hui ! lança soudain Prue en faisant irruption dans la cuisine.

— Tu as de la chance, il se passe quelque chose dans ta vie... marmonna Piper d'un air maussade. Raconte-moi tout.

— J'étais en train de...

— Il y a quelqu'un ? l'interrompit la voix de Phoebe depuis l'entrée. Vous n'allez pas croire ce qui m'est arrivé, aujourd'hui !

Elle fit un détour par le frigo avant de rejoindre ses sœurs. Prue en profita pour annoncer :

— Mon patron m'a fait une super proposition !

— J'ai rencontré un garçon génial, déclara à son tour Phoebe en s'attablant avec une assiette de fromage.

Les deux jeunes femmes se mirent à parler en même temps devant les yeux atterrés de Piper. On aurait dit un match de ping-pong.

Elle poussa un profond soupir et abandonna tout espoir de comprendre quoi que ce soit. Elle s'adossa sur sa chaise et dévisagea ses sœurs en souriant. C'était dans ces moments-là qu'on pouvait voir à quel point toutes trois étaient différentes. Prue avait les cheveux noirs et le teint clair ; elle était vive, sérieuse et hyper professionnelle. Phoebe, qui venait de se teindre en blonde, avait le teint mat et une allure hippie qui allait de pair avec son insouciance. Piper, quant à elle, avec ses longs cheveux bruns et ses traits délicats, se situait quelque part entre ses deux sœurs : travailleuse, un brin timide et un rien « poule mouillée », comme elle se décrivait elle-même.

— Il s'appelle Nikos…

— J'ai dix jours pour remettre une photo qui va tous les épater !

— Et si tu prenais Nikos comme modèle ? suggéra Phoebe tout à trac. Il est vraiment craquant ! Et je suis sûre que son visage prend très bien la lumière... Et puis, tu auras besoin d'une assistante, non ? Je me mets à ton entière disposition !

Prue secoua la tête en riant. L'enthousiasme de sa sœur était toujours désarmant.

— Je n'ai pas encore choisi le sujet de ma photo, il est un peu prématuré de demander à Nikos de poser, tu ne crois pas ?

Piper ne put retenir un soupir de lassitude.

— Qu'est-ce qu'il y a ? interrogea Phoebe.

— Oh, rien... murmura-t-elle en chipant un morceau de fromage.

— Ben voyons ! intervint Prue. Tu as l'air triste. Raconte-nous.

— Je... me sens un peu fatiguée, c'est tout.

— Il y a autre chose, insista Phoebe.

— Que voulez-vous que je vous dise ? Ma vie est désespérante de monotonie... C'est vrai, quoi, vous avez des vies trépidantes, il vous arrive sans cesse des tas de choses nouvelles, tandis que pour moi tous les jours se ressemblent.

— Tu es jolie comme un cœur, tu as un pouvoir que tous les sorciers du coin t'envient, tu diriges le club le plus branché de la ville et tu te plains ? s'étonna Prue.

— Je sais ce qu'il te faut ! s'exclama Phoebe. Te changer les idées. Je te propose une sortie entre sœurs au *Heaven*, un nouveau bar sur High Street. Ça te dit ?

— D'accord... acquiesça Piper sans conviction.

— Génial, lança Phoebe en lui déposant un baiser sur la joue. On va s'amuser comme des folles !

CHAPITRE 2

Le lendemain matin, Prue alla à la bibliothèque feuilleter des ouvrages de photographie. Elle y trouverait peut-être l'inspiration pour la couverture du *415*.

Une pile de bouquins sous le bras, elle s'installa dans le silence de la salle de lecture. Elle se plongea avec délice dans une série de photos de paysages tour à tour verdoyants ou désertiques.

C'est magnifique, mais tout le monde en fait.

Puis elle tomba sur un reportage consacré à la lutte des femmes pour le droit de vote. Les visages photographiés reflétaient la colère, le désarroi, l'espoir et enfin la joie de la victoire.

Ces militantes sont sublimes, mais ce genre de photos ne convient pas au magazine.

— C'est incroyable, déclara soudain une voix grave derrière elle. Vous avez emprunté presque la moitié de la section photo.

Agacée, Prue se figea un instant. On ne pouvait même plus travailler dans une bibliothèque sans se faire accoster, maintenant ! Elle se retourna, prête à envoyer promener l'importun... les mots lui restèrent en travers de la gorge. Elle se sentit transpercée par son regard gris-vert. Le jeune homme lui sourit. Elle crut défaillir... Des boucles noires entouraient son visage d'ange. Il était habillé très simplement, mais possédait une élégance toute naturelle.

— Mademoiselle, je crois que vous avez le livre que je recherche... Je suis journaliste et j'aimerais le consulter pour un article.

— Bien sûr. Je... Installez-vous, je vous en prie. Je suis moi-même photographe et...

Mon Dieu, je ne le connais même pas et je lui propose de s'asseoir. Qu'est-ce qui me prend ? Je perds la tête !

— Mitchell Pearl, je travaille pour le *National Geographic*.

Il lui tendit la main et s'assit juste en face d'elle.

— Wouah ! Je suis impressionnée... Tous les journalistes rêvent d'écrire pour le *National Geographic* ! Quel est le sujet de votre reportage ?

— La reconstruction de la ville de Saigon. Je fais des recherches avant de partir au Vietnam. C'est pour cela que je voulais feuilleter ce livre sur la guerre et ses conséquences. Ça vous embête si je jette un coup d'œil ?

— Non, pas du tout. Je m'appelle Prue Halliwell, je travaille au *415*.

— Le *415*? Les meilleurs photographes travaillent pour ce magazine. Vous devez être très douée.

— Je ne suis qu'une débutante... En panne d'inspiration!

Il parcourut rapidement les ouvrages qu'elle avait sélectionnés et lui en désigna un en particulier.

— Regardez ces photos sur l'art du portrait victorien. Elles sont superbes, non?

Un cliché montrait un groupe de femmes aux allures de déesses grecques, vêtues de longues tuniques fluides, les bras ceints de lourds bracelets, les cheveux ornés de couronnes de fleurs dorées. L'une d'elles tenait une lyre, et une autre un arc.

— Les neuf muses de la mythologie! Mais oui, bien sûr! Un sujet sur l'architecture victorienne à San Francisco! Je pourrais mettre en scène un tableau comme celui-ci. Et je connais l'endroit idéal pour prendre cette photo.

— Vous voyez? Ce n'était pas si difficile.

— Mitchell, merci mille fois. Grâce à vous je vais peut-être décrocher ma première couverture! Je vous laisse tous ces livres, je n'en ai plus besoin, maintenant.

— Cette idée est la vôtre. Vous ne me devez rien.

Elle prit l'ouvrage qu'il lui avait conseillé et se leva.

— Sans votre aide, je n'y serais jamais arrivée.

— Eh bien, si vous tenez tant que ça à me remercier, laissez-moi vous inviter à déjeuner… demain, par exemple.

— Oh, je… je ne sais pas si je vais avoir le temps… Ne deviez-vous pas vous envoler pour le Vietnam ?

— Pas avant deux semaines. Si ma proposition ne vous tente pas, vous pouvez refuser. Je ne me vexerai pas.

— Oh, non, ne croyez pas ça ! J'accepte avec joie.

— Parfait. Je connais un excellent restaurant vietnamien. La cuisine est succulente. Je passe vous prendre à midi ?

— D'accord.

Prue lui griffonna son adresse sur une feuille de papier avant d'aller enregistrer l'emprunt de son livre. Un sourire radieux sur les lèvres, elle regagna ensuite le parking où elle avait garé sa voiture.

L'image de Mitchell ne la quittait pas. Elle secoua la tête pour le chasser de son esprit et se concentrer sur l'idée géniale qu'il lui avait inspirée.

Elle rentra directement chez elle. Le manoir des Halliwell réunissait en effet tous les critères pour symboliser l'architecture victorienne dans son apogée. Quelle chance !

De retour à la maison depuis peu, Phoebe pensait encore au beau Nikos avec qui elle venait de bavarder des heures. Elle s'installa confortablement dans un fauteuil d'osier, sous la véranda du jardin d'hiver, avec un bon chocolat chaud. Le regard pétillant, elle se laissait bercer par le souvenir de sa voix si douce et de son regard si pénétrant.

— Je n'imagine pas une existence sans la peinture, lui avait-il confié en repoussant une mèche rebelle. C'est le seul don que je possède.

— Tu as un talent époustouflant, ta voie est toute trouvée, avait-elle rétorqué avec enthousiasme.

— Rares sont les peintres qui vivent de leur art. C'est du moins ce que mon père ne cesse de me répéter. Il aimerait me voir devenir comptable ! (Il gloussa.) Mais j'ai d'autres idées en tête.

— Ah oui ? Et lesquelles ?

— Entre autres, faire un portrait de toi. Avec ton visage, ma fortune est faite.

Phoebe éclata de rire mais ne put s'empêcher de rougir comme une pivoine.

— Je suis sérieux, avait insisté Nikos. Tu es ravissante.

La jeune femme poussa un profond soupir et ferma les yeux pour mieux savourer ce souvenir.

Elle s'imaginait déjà, allongée sur une chaise longue, posant sous le regard tendre du beau Grec.

Il me trouve ravissante…

— Superbe…

Phoebe sursauta, craignant d'avoir été surprise en pleine rêverie. Elle espérait en tout cas n'avoir rien dit à voix haute.

Prue se tenait dans l'encadrement de la porte, songeuse.

— Pardon ?

— Je parlais de la luminosité. Parfaite pour mes photos.

Le jardin d'hiver était rattaché à la maison par une arche de bois finement sculptée et laissait filtrer une douce lumière à travers les grandes baies vitrées. Une lourde tenture vert pâle le séparait du salon, répondant au camaïeu de verts des plantes exotiques que les sœurs Halliwell cultivaient avec passion.

— Tu vas faire tes photos ici ?

— Oui, que penses-tu de cette idée ?

Au même moment, Piper traversa le salon.

— Bonjour et au revoir ! Je pars travailler. Je commence plus tôt aujourd'hui !

— Attends une seconde ! la retint Prue. Je vais avoir besoin de ton aide.

— Mon aide ? s'étonna cette dernière en revenant sur ses pas. Pour quoi faire ?

— J'aimerais avoir ton avis sur mon idée pour la couverture du *415*.

Sortant de son sac à dos un énorme livre, elle le feuilleta rapidement et montra la photo des muses à ses sœurs.

— J'ai choisi le thème de l'architecture victorienne de San Francisco, et je voudrais créer une scène comme celle-ci, mais avec des couples. Il y en aura sans doute quatre. Les filles porteront des tuniques fluides, des sandales et une couronne de laurier – comme dans la Grèce antique. Et je ferai mes photos ici, sous la véranda.

Elle attrapa son appareil et vérifia la lumière dans le viseur.

— Oui, ajouta-t-elle à voix basse, c'est idéal.

— Je trouve ton idée géniale, l'encouragea Phoebe.

— Moi aussi ! renchérit Piper, enthousiaste. Bon, je peux y aller ?

— Non, pas encore. J'ai besoin de tes connaissances en mythologie grecque. Tu es la seule à avoir étudier les civilisations antiques.

— C'était au lycée !

— Tu en sauras toujours plus que moi.

— Si tu le dis... Alors, tu veux mettre quatre couples en scène ? Les dieux de l'Olympe, c'est ça ? Il te faudra donc Zeus et Héra – les noms grecs de Jupiter et Junon. Et, voyons... Artémis et Apollon, les jumeaux. Et puis aussi Aphrodite et Arès – ou Vénus et Mars, comme les appellent les Romains.

— Super ! Je savais que je pouvais compter sur toi ! s'exclama Prue en l'embrassant.

— À ton service. Maintenant, si tu permets, il faut que j'aille bosser.

— Euh, attends… ce n'est pas fini. Il me faut huit mannequins…

— Non, sept ! intervint Phoebe.

— Pardon ?

— Je… Tu sais bien, je t'en ai parlé hier, Nikos… Il est grec ! Cela tombe bien, non ?

— Quelle coïncidence ! s'écria Piper.

— En plus, il est beau comme un dieu… Oh, Prue, s'il te plaît !

— En fait, soupira-t-elle, je préférerais des professionnels, mais cela me coûterait certainement moins cher de prendre Nikos… D'accord, Phoebe, ça marche.

— Merci, je t'adore !

— Bon, il me faut quand même trouver les sept autres.

— Six !

— Tu ne vas pas me dire que ce charmant garçon a un frère tout aussi mignon, Phoebe ?

— Non… (Elle esquissa une révérence sous le regard amusé de Prue et de Piper.) Mais que penses-tu de ta propre sœur ?

— Pour te voir en permanence pendue au cou de Nikos pendant qu'on essaiera de travailler, non merci.

— Pendue au cou de Nikos ? Tu me prends pour qui ? Je sais me montrer aussi professionnelle que n'importe quel mannequin. Je te promets de bien me tenir. Je pourrais prendre le rôle d'Héra, et Nikos serait... comment est-ce qu'il s'appelle, déjà ?

— Zeus, lui rappela Piper en levant les yeux au ciel, le dieu suprême, rien que ça !

— Ben oui ! Pourquoi pas ? rétorqua Phoebe.

Prue prit un air pensif :

— Je vais y réfléchir.

— J'ai encore mieux à te proposer, renchérit Phoebe pour la convaincre. Je croise des tas de gens très beaux tous les jours à l'université. Je peux te trouver six autres modèles. Imagine les économies que cela ferait !

— Phoebe marque un point, déclara Piper.

— Bon, d'accord, finit par accepter Prue. À une seule condition : tu t'occupes de tout et jusqu'au bout.

— Compte sur moi, Prue. C'est comme si c'était fait !

— Bon, vous n'avez plus besoin de moi ! s'écria soudain Piper.

Elle se dirigea à grands pas vers la porte d'entrée. Elle allait sortir quand Prue apparut devant elle pour lui bloquer le passage.

— Prue ! cria-t-elle en direction du salon. Je déteste que tu fasses des projections astrales dans la maison !

L'aînée des Halliwell possédait en effet le pouvoir de se projeter psychiquement dans l'espace, faisant apparaître alors une sorte de spectre scintillant.

— Désolée, Piper, mais j'ai une autre petite faveur à te demander.

— Quoi encore ?

— Comme la séance photo durera une journée entière et… enfin… il faudra bien que je nourrisse mes modèles.

— Tu veux que je cuisine pour tout le monde ? s'étrangla Piper.

— Tu avais de nouvelles recettes à mettre au point, je crois. Ce serait l'occasion rêvée ! S'il te plaît, Piper ! Cette couverture représente une opportunité unique de faire démarrer ma carrière, j'ai vraiment besoin de ton aide.

Piper n'avait jamais su refuser quoi que ce soit à ses sœurs, encore moins quand elles la prenaient par les sentiments ! Mais, là encore, elle avait l'impression d'être reléguée au second plan…

— D'accord… marmonna-t-elle avec une grimace.

— Merci, petite sœur. Je me demande ce que je ferais sans toi.

— Je ne sais pas… Tu commanderais des pizzas, peut-être ?

Attablés devant des nouilles sautées aux légumes, Prue et Mitchell échangeaient leurs points de vue sur le monde du journalisme.

— Alors, où en est ton projet de couverture ?

— Ça avance. La séance aura lieu chez moi, dans deux jours.

— Chez toi ?

— Oui, dans le manoir de la famille.

— Le décor idéal ! Mais, au fait, as-tu déjà un assistant ?

— Non. À vrai dire, j'allais en parler à mon patron.

— Inutile. Je t'offre mes services.

— Toi ?

Que faire ? Mitchell n'avait aucune expérience en la matière ; si elle devait le corriger en permanence, leur relation naissante en prendrait certainement un coup.

— Tu es écrivain, lui rappela-t-elle d'une voix douce. J'ai besoin de quelqu'un qui s'y connaisse en éclairage.

— Je suis journaliste, objecta-t-il. Je connais les bases de la photographie. Et j'adorerais te voir travailler.

— Tu sacrifierais une journée de recherches sur le Vietnam pour me voir prendre des photos ?

— C'est que...

Il se pencha au-dessus de la table et lui déposa un baiser sur les lèvres sans autre préambule. Puis il se rassit, l'air de rien ! Surprise, Prue mit quelques secondes pour reprendre ses esprits. Quand elle leva les yeux sur lui, il la contemplait avec un tendre sourire.

CHAPITRE 3

— Phoebe, tu dors encore ? s'exclama Prue en surgissant dans la chambre.

— Quoi… quelle heure est-il ?

— Huit heures ! La séance photo commence dans deux heures et il nous reste dix millions de choses à préparer !

— Ah, oui… lesquelles ? demanda-t-elle avant d'enfouir son menton sous la couette. Trouver les mannequins dont tu avais besoin ? C'est fait. S'assurer qu'ils seront bien ici à dix heures ? C'est fait aussi. Je me suis occupée de tout, alors si tu veux bien me laisser dormir encore un peu… À moins que tu ne veuilles une déesse avec de gros cernes !

Prue s'appuya contre le chambranle de la porte et se détendit un peu.

— Bien sûr que non… Et c'est vrai que je te dois une fière chandelle. Avec les décors à installer et les costumes à trouver, je ne sais pas comment je m'en serais tirée toute seule.

Phoebe bâilla et s'étira longuement.

— Au moins tu le reconnais, c'est déjà ça…

— Hum… Est-ce que Nikos fera partie de ces superbes athlètes que tu as réussi à embaucher ?

— Bien sûr. Tu aurais vu sa tête quand je le lui ai proposé. Il a cru un moment que c'était une blague. (Elle poussa un soupir rêveur.) Il est vraiment trop mignon…

— Bon, puisque tu es réveillée, il est temps de te préparer ! Allez, hop !

Un simple geste du doigt, et la couette s'envola du lit pour atterrir mollement sur la moquette.

— Ah, non, Prue, pas de magie avant le petit déjeuner, s'il te plaît ! Méchante sorcière, va !

— Ce n'est pas moi qui dirai le contraire ! Maintenant, dépêche-toi de prendre ta douche, on doit faire le point avec les costumes.

Phoebe n'eut pas d'autre choix que de se lever. Elle se rendit à la salle de bains d'un pas traînant.

— Ça commence bien…

Dans la cuisine, Piper préparait une énorme salade de pâtes au basilic tandis qu'un gâteau aux poires cuisait dans le four. Prue mettait une dernière touche à sa mise en scène sous la véranda.

— Zeus et Héra gouvernent bien l'Olympe, Piper? demanda Prue à travers la maison.

— Oui, lui confirma sa sœur qui coupait des tomates en rondelles. Tous leur doivent obéissance et respect. Ensuite, il y a Arès et Aphrodite, les fameux amants…

Intriguée, Prue vint la rejoindre.

— Ça m'a l'air sulfureux !

— C'est le moins qu'on puisse dire ! Aphrodite était en réalité mariée à Héphaïstos, le dieu du feu et des forges, mais il était laid et difforme, alors elle l'a trompé avec Arès, dieu de la Guerre.

— Un vrai roman-feuilleton !

— Et ce n'est pas tout. Tu as aussi un couple d'enfer : Hadès et Perséphone.

— Eux aussi ont des déboires amoureux ? Raconte.

— Hadès est le dieu des Enfers. Il a enlevé une jeune déesse, Perséphone, pour en faire sa femme. La mère de cette dernière a supplié Zeus de sauver sa fille et il a accordé cette grâce à condition qu'elle n'ait encore rien mangé aux Enfers. Malheureusement, Hadès lui ayant fait avaler six grains de grenade, elle sera condamnée à rester six mois sur douze auprès de son mari.

— Wouah ! Ce n'étaient pas des tendres, en effet.

— Tu as ensuite les jumeaux Artémis, la déesse de la Chasse, et Apollon, le dieu de la Musique.

— C'est donc lui qui tiendra la lyre.

— Oui.

— J'ai hâte de voir la tête des mannequins recrutés par Phoebe.

À peine eut-elle fini sa phrase que la sonnette de la porte d'entrée se fit entendre.

— Tiens, il y en a un qui est en avance…

Elle courut lui ouvrir.

Quelle ne fut pas sa surprise en voyant un superbe brun ténébreux lui adresser un sourire à damner n'importe quelle déesse ! Son visage anguleux et ses lourdes boucles noires faisaient ressortir ses yeux clairs, leur donnant une intensité troublante. Il tenait une boîte en bois fixée sur un trépied.

— Prue Halliwell ? Je suis Nikos, l'ami de Phoebe.

Elle resta un instant figée sur place, puis se ressaisit :

— Entrez, je vous en prie. Ce… c'est un appareil photo que vous avez là ?

— Oui, un vieux Brownie, de 1904. Mon père était collectionneur… Quand Phoebe m'a parlé du thème que vous désiriez mettre en scène, j'ai pensé que vous aimeriez faire vos photos avec ça.

— Quelle bonne idée ! Les clichés auront l'air de venir du passé… C'est exactement ce qu'il me faut ! Nikos, je ne sais comment vous remercier.

— Ce n'est rien. Je déplacerais des montagnes pour la sœur de Phoebe.

— Et pour Phoebe elle-même ? résonna derrière eux une voix chantante. Un petit bonjour, peut-être ?

Phoebe venait à leur rencontre, vêtue d'une longue robe de mousseline couleur chair, dont la taille haute était soulignée par des rubans de satin délicatement lacés au niveau de la poitrine. Ses cheveux étaient retenus en chignon flou par les mêmes rubans dorés. Quelques mèches lui retombaient autour du visage, à peine maquillé. Un bracelet en forme de serpent lui ceignait le bras tandis qu'une perle solitaire pendait à son cou. Elle allait nus pieds, tenant de fines sandales à lacets dans les mains. On aurait dit une sculpture de la Grèce antique.

— Phoebe… tu… tu es sublime ! balbutia Nikos.

— C'est vrai, tu es superbe ! acquiesça Prue.

— Merci.

Rose de plaisir, elle déposa un léger baiser sur la joue du jeune homme.

— Bonjour à toi, dieu de l'Olympe.

— En parlant de dieu, il faudrait songer à habiller Zeus ! leur rappela Prue.

— C'est vrai. Viens, Nikos, suis-moi.

Tandis que son aînée emportait avec précaution le vieil appareil photo sous la véranda, Phoebe entraîna son ami vers le salon où attendaient les costumes, soigneusement étalés sur les fauteuils et le canapé.

— Tu es vraiment ravissante, murmura-t-il une fois seuls.

Ils étaient face à face, tout proche… La jeune fille retint son souffle.

Il va m'embrasser, il va m'embrasser…

Il se pencha vers elle, la prit dans ses bras et plongea ses yeux dans les siens… lorsque la sonnerie de la porte d'entrée les fit tous deux sursauter.

— Oh, non… Nikos, il faut que j'aille ouvrir.

— Dommage…

Elle se dégagea de son étreinte à regret et alla accueillir le nouvel arrivant les sourcils froncés. C'était Chloé, une jolie blonde au teint diaphane, étudiante en droit.

— C'est bien ici la séance de photos ?

— Oui, oui… Entre.

Oh la la, se dit Phoebe, *elle se prend déjà pour une top model ! Si j'avais su…*

Juste derrière elle venait un très beau garçon à la silhouette athlétique, avec de sombres cheveux bouclés.

— Bonjour, je m'appelle Mitchell, annonça-t-il. Je suis… l'assistant de Prue.

— Ah… oui, bien sûr. Elle vous attend.

— Où sont la maquilleuse et la coiffeuse ? minauda Chloé en se dirigeant vers le salon.

— Euh… c'est moi, déclara Phoebe.

Et elle la poussa doucement vers la cuisine.

À Nikos qui la rejoignait, elle souffla sur un ton grave :

— Je crois qu'il faut se mettre au boulot, maintenant.

— Mais on n'en a pas fini, tous les deux, répliqua-t-il avec un clin d'œil.

Oh, oui, compte sur moi, Nikos, pour te le rappeler.

Une heure plus tard, cinq olympiens, habillés et maquillés, étaient installés dans la cuisine. La table était jonchée de boucliers, d'arcs, de lyres et de flûtes de Pan. Kurt, le bel éphèbe blond qui tenait le rôle d'Apollon, bavardait gaiement avec Madeleine, la rousse qui jouait Héra, tandis que Mitchell, Phoebe et Nikos réglaient les éclairages sous la véranda.

Prue vint les rejoindre après avoir passé une vieille salopette et s'être attaché les cheveux en queue-de-cheval.

Mitchell lui adressa son plus beau sourire.

— Oh, bonjour, Mitchell. Je... ne savais pas que tu étais déjà là.

— Est-ce que la lumière te convient ?

— Parfait ! Et nos petits dieux ont l'air prêts, eux aussi.

— Justement, tu as remarqué qu'il manquait une déesse à l'appel ?

Phoebe intervint :

— Ce... ce n'est pas possible ! Ils m'ont tous promis d'être là à dix heures pile.

— Peut-être, mais il nous manque une fille, reprit Mitchell. On ne peut pas commencer sans elle.

Piper fit irruption une assiette dans une main, un torchon dans l'autre.

— Phoebe, tu ne voudrais pas goûter à mes acras? Aucun de nos modèles n'en veut; ils prétendent que c'est trop gras…

— Pas maintenant, coupa Phoebe. On a un gros pr… Oh, attends, Piper!

— Je savais bien que tu ne résisterais pas à mes acras!

— Non, il s'agit d'autre chose.

Elle consulta Prue du regard. Cette dernière acquiesça d'un signe de tête.

— Piper…?

— Vous avez encore un service à me demander, c'est ça? Eh bien, cette fois, c'est non. Je ne marche pas!

— Ce n'est pas du tout ce que tu crois, essaya de l'amadouer son aînée. Tu ne voudrais pas essayer la tunique qui reste au salon?

— Vous exagérez, les filles!

Mitchell et Nikos assistaient à la scène en se retenant de ne pas éclater de rire.

— S'il te plaît, s'il te plaît, s'il te plaît! la supplia Prue. Tu me sauverais la vie… Je joue ma carrière sur cette photo.

La jeune femme leva les yeux au ciel. Elle fronça le nez puis finit par lâcher :

— Bon, c'est d'accord. Mais d'abord, vous goûtez tous à mes acras ! Et pas question pour moi d'être au premier plan sur la photo.

Une quinzaine de minutes plus tard, toute l'équipe se rassemblait sous la véranda. Piper, dans le rôle d'Aphrodite, se retrouvait dans les bras d'Arès, joué par un beau brun athlétique, tandis que Phoebe mimait le désespoir de Perséphone.

— Euh… Phoebe, fit remarquer Mitchell, ne te tiens pas trop près d'Hadès. Tu es censée vouloir le fuir, pas l'aimer.

— OK… soupira-t-elle en s'écartant d'un millimètre de Nikos.

Phoebe regrettait plus que jamais d'avoir échangé le rôle d'Héra avec celui de Perséphone. Le costume de Zeus n'allant pas à Nikos, il avait pris celui d'Hadès. La jeune femme avait dû se résoudre à jouer la malheureuse otage du seigneur des morts pour rester avec le beau peintre.

Mitchell la gratifia d'un sourire amusé, puis mesura la luminosité.

— Sept point quatre, annonça-t-il à Prue.

— Parfait, dit-elle avant de passer la tête sous le drap de velours qui recouvrait le boîtier de l'appareil. Ça me semble très bien. Tout le monde est prêt ?

— Non, il faut que je boive un peu d'eau, déclara Chloé qui devait viser l'objectif en bandant l'arc d'Artémis. Les petits fours étaient trop salés. Est-ce que quelqu'un peut m'apporter un verre d'eau ? Minérale, bien sûr.

Les poings sur les hanches, Prue allait protester quand Mitchell la retint en lui posant une main sur l'épaule.

— Tu veux de l'eau plate ou de l'eau gazeuse ? demanda-t-il d'un air désinvolte.

— Plate. Merci.

— Tu es un saint, lui souffla Prue.

— C'est à ça que sert un assistant... lança-t-il en filant à la cuisine.

— Bon, en attendant, reprenez vos poses, j'aimerais faire un essai.

Chloé la fusillait du regard. Cela tombait bien pour une déesse de la chasse !

— Parfait, fit Prue. Phoebe, si tu pouvais t'écarter un peu de Nikos, ce serait encore mieux. Et Piper, aie l'air moins crispée.

— Ça ne rigole pas... marmonna cette dernière en étouffant un rire.

Prue tenait le flash en l'air et lança :

— On y va ! Un, deux, trois... !

Pshhhttt !

Une lumière aveuglante inonda la scène. Éblouie, Piper mit plusieurs secondes à récupérer une vision normale. Elle eut un mouvement de recul en voyant Arès, effondré à ses pieds.

— Prue… articula-t-elle alors d'une voix blanche.

Nikos, Chloé, Kurt… ils gisaient tous par terre, inconscients. Seule Phoebe était encore debout, interdite, les yeux écarquillés de stupéfaction.

Prue émergea de sous le drap de velours, complètement paniquée.

— Que… qu'est-ce qui s'est passé ? balbutia-t-elle en courant s'agenouiller vers Kurt.

Elle le secoua doucement et approcha son visage du sien.

— Ouf, il respire…

— Héra aussi, déclara Piper en prenant le pouls de Madeleine. Même qu'elle ronfle.

— Idem pour Nikos, dit Phoebe sur un ton attendri. Il a l'air si tranquille… C'est fou de les voir dormir comme ça !

— Oui, c'est étonnant, ajouta Prue. Impossible de les réveiller.

— Voici l'eau de mademoiselle ! annonça soudain une voix. Et avec une paille, en plus !

— Mitchell ! s'écria Phoebe.

Sans réfléchir, Piper figea le jeune homme à l'entrée du jardin d'hiver. Les ronflements d'Héra et le tic-tac de l'horloge se turent aussitôt. Le temps était arrêté… pour un instant.

— Bon réflexe, Piper, la félicita sa jeune sœur. Je ne sais pas ce qui se passe ici mais ce n'est pas normal !

— Mitchell ne doit surtout pas s'en apercevoir, ajouta Prue.

Bondissant vers le rideau de velours, elle en ôta l'embrasse et le tira soigneusement pour séparer la véranda du salon.

Juste à temps car Mitchell « se réveillait » déjà. Il fut surpris de voir Prue, debout devant la tenture.

— Que se passe-t-il ?

— On fait une petite pause…

— Oui, on a des… ennuis de costumes ! lança Phoebe, derrière le rideau. Interdiction aux garçons de venir !

— Je savais que ces costumes étaient nuls ! enchaîna Prue en entraînant le jeune homme dans le vestibule. Cela m'apprendra à prendre les moins chers ! Je vais retourner à la boutique de location pour en avoir d'autres.

— Je peux m'en occuper, si tu veux. Je suis là pour ça, après tout.

— Non ! s'écrièrent en même temps Phoebe et Piper qui les avaient rejoints.

— Elles ont raison… C'est mon nom qui est sur le bon de commande. Tu ne pourras pas faire l'échange. J'irai moi-même, ne t'inquiète pas. Et on reprendra la séance cet après-midi.

Elle ouvrit la porte d'entrée et ajouta :

— Mais ça ne sert à rien que tu perdes ton temps ici. Je te remercie pour tout. Sans toi, je ne sais pas ce que j'aurais fait. Encore merci. Au revoir, Mitchell.

— Attends ! (Il bloqua la porte avec son pied.) Et la séance de cet après-midi ? Tu auras besoin de moi, non ?

La mort dans l'âme, Prue se sentit obligée de mentir.

— Tu es un assistant merveilleux mais je crois que je travaillerai mieux en solo.

— Tu... tu es sûre ?

— Oui, Mitchell.

— Bon... tant pis.

— Très bien... Alors, à plus tard.

— Prue... attends, insista-t-il doucement.

— Oui ?

— Si tu ne veux pas de moi comme assistant, laisse-moi au moins t'emmener dîner.

— Bien sûr. Passe me chercher demain... à huit heures. Ça va ?

— Parfait. À demain... et bonne chance.

— Merci, Mitchell.

Prue s'appuya contre le battant et laissa échapper un soupir de désespoir. Elle détestait ce genre de situation... Être sorcière n'arrangeait pas ses amours !

De retour dans le jardin d'hiver, les trois sœurs s'occupèrent des étudiants endormis.

— Je crois qu'ils n'ont rien de grave, fit Piper. Ils sont juste plongés dans un profond sommeil.

— Et moi qui avais des projets avec Nikos après la séance… grommela Phoebe d'un air morose.

— Et ma couverture, tu y penses !? Ton petit copain est un sorcier ou un démon ?

— Qu'est-ce qui te fait dire que c'est la faute de Nikos ? s'insurgea Phoebe. Cet appareil photo appartient à la collection de son père. Rien ne prouve qu'il était au courant de quoi que ce soit.

— N'empêche que c'est *lui* qui a apporté ce maudit appareil et que, maintenant, on se retrouve avec six personnes ensorcelées, et ce, dans *notre* maison ! Tu imagines la galère, si on n'arrive pas à les ranimer ?

— On est dans de beaux draps… convint Piper.

Phoebe s'empara de l'appareil et l'examina attentivement.

— Je n'y comprends rien, ce truc-là n'est qu'un vieux machin démodé…

Elle s'interrompit. Son corps entier fut parcouru d'une violente secousse. Une vision s'imposa alors à elle.

Il faisait sombre. Elle traversait un bois à la tombée de la nuit. Ses sandales dorées s'enfonçaient dans le sol marécageux. Les ombres sinueuses des arbres l'enveloppaient et semblaient vouloir retenir ses pas. Au loin résonnaient des cris fantomatiques et angoissés.

La brume se levait avec d'étranges soupirs, comme si les buissons prenaient vie. Phoebe s'immobilisa, terrifiée. Elle eut soudain l'impression de reconnaître cet endroit...

La vision s'évanouit brusquement, elle cligna des yeux et se retrouva sous la véranda, auprès de ses sœurs.

— Qu'as-tu vu ? lui demanda Piper d'un air inquiet.

— Je... j'étais au milieu d'un marais... je ne sais pas où. Mais quelque chose me dit que nos mannequins ont été emmenés là-bas.

Piper et Prue échangèrent un regard sombre.

— Le *Livre des Ombres* ?

— Tu lis dans mes pensées, acquiesça Piper.

Elles se précipitèrent aussitôt au grenier.

— Voyons, murmura Phoebe en feuilletant nerveusement les pages parcheminées du vieux grimoire. Ah, j'y suis... appareils photo !

Piper et Prue se penchèrent par-dessus son épaule tandis qu'elle lisait :

— *De nombreuses sociétés primitives refusaient de se faire prendre en photo de peur de se faire voler leur âme. Cette croyance n'a malheureusement jamais été prise au sérieux ; pourtant, ces objets peuvent se révéler être des portails sur l'au-delà.*

— Sur l'au-delà ? répéta Piper. Où, exactement ?

— Tu sais bien que les anciens parlent toujours par énigmes, lui rappela Prue. C'est à nous d'en trouver la clé.

— *Les appareils ensorcelés capturent les âmes dans un vortex situé au fond de l'objectif*, poursuivit Phoebe. *Elles ne peuvent être délivrées qu'en empruntant le même chemin.*

— Il faut aller les chercher ! enchaîna Prue.

— Mais cela ne marche pas sur nous ! fit remarquer Piper. Ce sont peut-être nos pouvoirs qui nous ont protégées. Comment va-t-on faire ?

Les trois sœurs se regardèrent puis s'exclamèrent en même temps :

— Un sort !

— Mais oui, c'est ça ! ajouta Phoebe en parcourant fébrilement le livre. Tenez, qu'est-ce que vous pensez de celui-là ?

— *Que nous devenions, pour un instant, des mortelles ordinaires*, lut Piper.

— *Emmenez-nous vers le lieu que nous avons choisi, puis laissez-nous rentrer et récupérer nos pouvoirs*, continua Prue.

Piper recopia en vitesse la formule sur un morceau de papier.

— Allez, on descend retrouver nos mannequins et on fait le grand saut ! lança Phoebe.

Un léger grognement se fit entendre.

— Hé, vous avez entendu ? s'étonna Piper en se tournant vers le fond du grenier.

— Quoi, qu'est-ce qu'il y a ? demanda Prue qui s'apprêtait à descendre.

Le grognement s'amplifia.

— Vous avez entendu, cette fois ?

— Oui, répondit Phoebe en lui prenant le bras. Qu'est-ce que… ?

Subitement, une ombre bondit sur les trois sœurs. C'était un chien énorme qui se tenait devant elles en position d'attaque. Il avait trois têtes, chacune d'elles montrant des crocs acérés qui dégoulinaient de bave. Son pelage ras laissait deviner des muscles puissants. Ses pattes griffues grinçaient sur le plancher du grenier.

La créature les fixait de ses trois paires d'yeux cruels.

CHAPITRE 4

Piper leva les bras au moment où l'ignoble créature lui sautait au visage et la figea net à quelques centimètres à peine de sa gorge.

— C'est quoi, ce pitbull ? s'exclama-t-elle en reculant.

— Ouf, il était temps… souffla Phoebe. Merci, Piper.

— De rien, petite sœur. Qu'est-ce qu'on fait, maintenant ? Il ne va pas tarder à…

Elle n'eut pas le temps de finir sa phrase que le monstre se remit à grogner. Prue leva la main et l'envoya valser au fond du grenier. Il atterrit en plein dans un vieux miroir qui vola en mille éclats.

L'animal ne parut pas pour autant affaibli. Il s'ébroua pour se débarrasser des éclats de verre et fondit sur les trois sorcières en poussant un rugissement sauvage.

Prue ne se laissa pas impressionner et lui assena un violent coup de pied, l'envoyant dégringoler les escaliers jusqu'au premier étage.

La créature grogna de rage, se releva et commença à gravir les marches.

— Le voilà ! hurla Phoebe. Prue, qu'est-ce que tu… ?

— J'ai une idée ! cria celle-ci en filant vers le fond du grenier. J'avais mis de côté cette lampe parce que son fil était dénudé par endroits… Piper, tu veux bien servir d'appât ?

— Comment ? s'étrangla cette dernière.

— Fais-moi confiance. Phoebe, branche-moi ça, s'il te plaît.

Le monstre s'approchait dangereusement.

— Dépêchez-vous, les filles ! les prévint Piper. Il arrive !

— Tiens-toi prête à le figer s'il le faut ! lui dit son aînée.

L'animal grondait sourdement.

— Il est là ! glapit Piper.

Soufflant et bavant, il émergea soudain de l'escalier. Ses yeux étincelaient de rage.

— Prue ! cria Phoebe. Fais quelque chose !

D'un geste sec, Prue tira la lampe juste à l'instant où la créature bondissait sur ses proies. Le fil dénudé lui fouetta le torse et s'enflamma aussitôt. La décharge électrique lui arracha un hurlement de douleur et ses trois têtes furent prises de violents spasmes. Des étincelles parcoururent son corps massif, l'immobilisant en plein élan.

Les sœurs Halliwell s'écartèrent en titubant. La bête poussa encore quelques gémissements rauques avant de s'embraser. Il n'en resta bientôt plus qu'un tas de cendres à l'odeur âcre.

— Ça va ? demanda Prue.

— Euh… oui, souffla Phoebe d'une voix tremblante.

— Allons sauver nos étudiants, maintenant que la voie est libre, leur rappela Piper. On n'a plus de temps à perdre.

Elles dégringolèrent l'escalier menant au rez-de-chaussée. Prue s'arrêta soudain.

— Ce vieux machin n'a certainement pas de déclencheur automatique. Je vais devoir improviser une commande à distance pour qu'on soit toutes les trois sur la photo…

— Pendant que tu nous bricoles ça, je regarde ce que deviennent nos « beautés au bois dormant », dit Phoebe.

Prue descendit dans la cave où elle avait aménagé un studio de photo, laissant ses sœurs regagner la véranda. Les deux sorcières examinèrent un à un les modèles endormis, constatant avec soulagement qu'ils avaient l'air de faire un rêve paisible.

C'est alors qu'un étrange bruissement d'ailes se fit entendre dans la pièce. Surprises, les deux filles se retournèrent et virent avec effroi une curieuse créature perchée sur le boîtier de l'appareil photo. Elle était encore plus bizarre que le chien aux trois têtes qu'elles venaient d'anéantir. Une tête de femme surmontait un torse humain recouvert d'écailles, la forme du corps était celle d'un oiseau, avec deux pattes aux serres puissantes. Deux ailes immenses battaient.

— Prue ! hurla Piper. Viens vite, il y a… quelque chose… !

La jeune femme accourut au secours de ses sœurs, projetant d'un geste de la main le monstre contre la verrière. La bête lâcha un cri perçant, se redressa et fondit sur Piper et Phoebe les ailes déployées.

— Elle a une dent contre vous, les filles ! s'exclama Prue. Mais je n'ai pas dit mon dernier mot…

Elle prit une profonde inspiration et concentra son énergie pour frapper l'oiseau en plein vol. Il y eut un craquement sec, et il explosa dans un nuage de fumée.

— Là, je crois que tu y es allée un peu fort, commenta Phoebe.

— Oui, enchaîna Piper. Je me demande si…

— Écoutez, on n'avait pas le choix ! Et le temps nous est compté. J'ai presque fini de fabriquer la commande à distance. Il ne me faut plus qu'un cordon pour la rattacher à l'appareil.

La jeune femme alla dans la cuisine, fouilla dans un tiroir qui servait de fourre-tout et trouva enfin ce qu'elle cherchait.

— Voilà, je vais essayer de fixer ça sur l'obturateur. Mettez-vous devant l'objectif.

— Pruuuuue ! appela soudain Phoebe sur un ton plaintif.

Elle venait d'apercevoir, tapie dans le fond de la pièce, une ombre qui était loin de la rassurer.

— Je crois qu'on a un... nouveau visiteur ! ajouta Piper.

— J'arrive, j'arrive. J'ai presque fini.

— Dépêche-toi !

— Ça y est, ça devrait marcher ! annonça-t-elle en courant les rejoindre.

Ses deux sœurs étaient terrifiées. Elle suivit leur regard et découvrit un énorme serpent qui rampait dans leur direction. Combien de têtes avait-il au juste ? Pas le temps de compter...

— Le sortilège ! Vite !

Elle bondit à leurs côtés. Les mains jointes pour former un cercle, les trois sorcières fermèrent les yeux et commencèrent à psalmodier :

— *Que nous devenions pour un instant...*

Un sifflement inquiétant s'approchait d'elles.

— *... des mortelles ordinaires. Emmenez-nous vers le lieu que nous avons choisi...*

Elle pouvaient à présent sentir les stridulations autour d'elles.

— … *puis laissez-nous rentrer et récupérer nos pouvoirs.*

Elles se retrouvaient sans aucun pouvoir magique alors qu'un monstre effrayant était à deux doigts de planter ses crocs venimeux dans leur chair.

— Maintenant ! s'écrièrent d'une même voix Phoebe et Piper.

Prue appuya sur le déclencheur. Une lumière éblouissante inonda la pièce. Elles sentirent le sol s'ouvrir sous leurs pieds et un tourbillon les aspirer dans les abîmes d'un gouffre sans fond. Elles se cramponnèrent les unes aux autres pour ne pas céder à la panique.

Puis tout devint noir.

Phoebe cligna des yeux et secoua la tête. Elle était sûre d'avoir perdu conscience quelques secondes. Un rapide regard autour d'elle la rassura : Piper et Prue se trouvaient non loin, aussi sonnées qu'elle.

Les trois sœurs se relevèrent péniblement. Un frisson les parcourut. Il faisait froid et humide. Leurs vêtements étaient maculés de boue et de vase. Leurs pieds s'enfonçaient dans le sol spongieux à chaque pas.

— Beurk… fit Piper en grimaçant. Où est-ce qu'on est ?

— Je ne sais pas, répondit Phoebe, désespérée.

D'immenses arbres gris aux troncs sinueux et aux branches dénudées les entouraient. Une épaisse brume tapissait le sous-bois. Des corps translucides paraissaient flotter dans l'air. Des fantômes... ?

Elle aperçut une bâtisse délabrée, envahie par le lierre.

— C'est exactement comme dans ma vision...

En prononçant ces mots elle comprit soudain pourquoi sa prémonition lui avait paru aussi réelle : elle se trouvait au beau milieu du tableau de Nikos ! Tout y était : les silhouettes spectrales, les arbres nus et noueux, la brume des marécages...

Elle s'apprêtait à l'expliquer à ses sœurs mais se ravisa au dernier moment, ne voulant pas augmenter les soupçons que nourrissait Prue à l'égard du beau Grec.

Phoebe avait l'intime conviction que Nikos était innocent. Lui si doux, si gentil, ne pouvait avoir un lien avec ce qui était arrivé aux étudiants... D'ailleurs, pourquoi serait-il lui aussi plongé dans le sommeil ?

La ressemblance entre son tableau et cet univers parallèle n'était qu'une coïncidence.

— Par où va-t-on ? s'enquit Piper en scrutant les environs.

Phoebe haussa les épaules, se sentant un peu coupable de cacher des informations à ses sœurs. Elle préférait attendre la suite des événements avant de révéler quoi que ce soit.

— Hé ! lança Prue, derrière elles. Vous avez vu ?

— Quoi ? demanda Phoebe en se retournant.

— Une lueur, là-bas. Un peu comme celle d'une luciole… Et puis, ça a disparu.

— Tu as dû avoir une hallucination. On ne trouve de lucioles qu'en été. Il fait bien trop froid pour qu'elles survivent.

— En tout cas, il y avait quelque chose…

— Attends, l'interrompit Piper, je viens de voir une lueur, moi aussi !

— Vous avez raison, je la vois aussi. Tout au fond, là-bas, derrière les arbres. Qu'est-ce qu'on fait ?

— On y va, décida Prue.

Les trois sœurs marchèrent ainsi pendant près d'une heure. La boue ralentissait leur pas, leurs cheveux s'emmêlaient dans les branches épineuses et des chauves-souris volaient au ras de leur tête… Sans compter l'odeur horrible qui planait partout.

— De l'Olympe aux marécages, on n'a pas vraiment gagné au change… marmonna Piper.

— Quand je pense que je regrettais d'être loin de la nature à San Francisco ! râla à son tour Phoebe. Vive la civilisation et le béton !

— Cessez de vous plaindre, intervint Prue, on y est presque !

Elles parcoururent encore un bon kilomètre avant de déboucher sur… une plage de sable.

— C'est un lac ? demanda Phoebe.

— Non, un fleuve, précisa Piper. Tu vois, il y a du courant.

Une série de vaguelettes jaunâtres vinrent leur lécher les pieds. Phoebe recula avec un cri de dégoût.

— Ce n'est que de l'écume, la rassura Piper. Maintenant, la question est de savoir où est passée notre « luciole ».

— Et comment on traverse ce fleuve, ajouta Prue. Je ne vois aucun pont.

Soudain, une barque apparut en amont, et dériva à la surface des eaux brumeuses. À la poupe, brillait la flamme d'une petite lanterne, accrochée au bout d'un bâton. Une imposante silhouette vêtue d'une robe noire, surmontée par une capuche, poussait l'embarcation vers la rive à l'aide d'une longue perche.

— On dirait le diable en personne, souffla nerveusement Phoebe.

Glissant sur l'eau sans un bruit, le bateau vint buter doucement sur la rive, juste devant les sœurs Halliwell.

Le visage du batelier était toujours dans l'ombre de la capuche, accentuant son air lugubre.

— Pouvez-vous nous indiquer ce qu'il y a de l'autre côté du fleuve ? hasarda Piper.

L'homme secoua la tête en gardant le silence.

Prue jeta un regard nerveux à ses sœurs, puis essaya autre chose :

— Euh... dans ce cas, pourriez-vous nous dire s'il y a un pont, quelque part ?

Il lui fit la même réponse.

— Bon, intervint alors Phoebe d'une voix ferme, emmenez-nous de l'autre côté du fleuve, vous voulez bien ?

L'étrange personnage hocha la tête et leur fit signe de monter à bord de son embarcation.

— Tu es sûre que c'est une bonne idée ? souffla Piper. Souviens-toi de ce que maman nous recommandait toujours : « N'acceptez jamais de suivre des gens que vous ne... »

— On a le choix, d'après toi ?

Elle s'avança mais s'immobilisa aussitôt. L'homme venait de lever vers elle un bras décharné.

C'est alors qu'elle aperçut sa main. Et étouffa un cri de dégoût.

Il n'avait plus que la peau sur les os... Une odeur de mort suintait de tout son corps !

La jeune fille crut défaillir. Le passeur gardait la main tendue vers elle, comme s'il attendait qu'elle lui donne quelque chose.

Tétanisée, elle le regardait sans pouvoir bouger.

Il releva alors sa capuche... dévoilant un visage terrifiant. Il était d'une maigreur saisissante. Ses joues creusées disparaissaient sous une barbe drue. Ses yeux n'étaient plus que deux puits sans fond. Le peu de cheveux qui lui restait tombait sur ses épaules en touffes sales.

Piper poussa un cri d'horreur.

— Je... je sais qui c'est ! C'est Charon !

— Charon... répéta Prue d'une voix blanche, en fixant le squelette vivant. Qui c'est ? Ou plutôt, qu'est-ce que c'est ?

— Mais oui, bien sûr... murmura sa sœur en portant une main à sa bouche. Le monstre à trois têtes, dans le grenier, c'était Cerbère, le gardien des Enfers. Celui qu'Héraclès a dû combattre. Et la femme-oiseau, c'était une Harpye...

— Tu connais aussi le petit nom du serpent aux trente-six têtes ? demanda Phoebe.

— C'était l'Hydre de Lerne...

— On ne sait toujours pas qui est Monsieur Charon ! soupira Prue avec impatience.

— C'est un nocher. Un passeur, si tu préfères. Il emmène les morts de l'autre côté du fleuve Achéron.

— Les morts ? s'étrangla Prue. Mais qu'est-ce que c'est que ce fleuve ?

— C'est un des trois fleuves des Enfers... On est au cœur du royaume d'Hadès !

CHAPITRE 5

— Le royaume d'Hadès ! répéta Phoebe en prenant la mesure de la situation dans laquelle elles se trouvaient. Tu veux dire qu'on vient d'être zappées… dans les Enfers !

Soudain prise de panique, elle tâta son pouls et poussa un soupir de soulagement : son cœur battait toujours !

— On est encore vivantes. C'est déjà ça.

— Euh… Piper ? demanda soudain Prue. Charon essaie de nous faire comprendre quelque chose…

Le passeur s'était en effet approché d'elles, la paume ouverte.

— Bien sûr ! Il ne transporte personne sur l'autre rivage sans en recevoir le paiement d'abord.

— Il est bien gentil, marmonna Phoebe, mais j'ai laissé mes sous dans l'autre monde.

— Moi, j'ai deux ou trois pièces de monnaie, annonça Prue.

— Ça n'ira pas, de toute façon, déclara Piper. Si je me rappelle bien mes cours d'histoire ancienne, le prix était d'une obole.

— Je n'ai que des dollars… soupira son aînée en haussant les épaules.

Avec un craquement sinistre, Charon leva un bras et pointa son index sur la gorge de Phoebe.

— Qu'est-ce qu'il veut ? s'inquiéta-t-elle.

Piper suivit des yeux le geste du spectre et vit qu'il désignait la perle qui pendait au cou de sa sœur.

— Je crois que ton collier fera l'affaire.

— Ah, non, pas ma perle ! protesta-t-elle. Je l'adore. Qu'il prenne plutôt ça !

Saisissant la couronne de laurier en plastique doré qui ornait les cheveux de Piper, elle la tendit à Charon. Il secoua sa tête décharnée et, de nouveau, montra le bijou.

— Inutile de chercher à le tromper, Phoebe. Il n'est pas dupe.

— Bon, d'accord…

La jeune fille détacha sa chaîne en or à contrecœur et la déposa dans la paume du passeur. Puis, sans plus attendre, elle grimpa dans la barque et fit signe à ses sœurs de l'y rejoindre.

Charon attendit qu'elles soient à bord pour faire virer le bateau à l'aide de sa perche. Elles s'enfoncèrent alors dans les brumes du fleuve Achéron aux côtés de cet étrange spectre surgi d'entre les morts.

La traversée ne dura que quelques minutes, mais le temps semblait immobile en ces lieux souterrains. L'embarcation heurta la rive opposée et vacilla doucement. Charon leur indiqua alors un chemin sur la gauche. Après un dernier regard à l'être inquiétant qui s'éloignait déjà, les sœurs Halliwell se mirent en route sur le sentier boueux qui longeait le cours d'eau.

Des ombres sinistres les entouraient. Les trois sœurs ne distinguaient rien devant elles que des arbres au tronc noueux et aux branches dénudées.

— Intéressant… maugréa Prue. Des bois sinistres à droite et un fleuve brumeux à gauche, et on ne sait même pas vers quoi on se dirige. J'ai un peu l'impression de me trouver au milieu de nulle part.

Soudain, le vent tiède tourna, et un épais brouillard pestilentiel s'échappa des eaux noires, pour venir s'enrouler autour des trois filles. Surmontant leur dégoût et leur crainte, elles continuèrent d'avancer et, bientôt, la brume se dissipa, pour laisser place au même paysage de ténèbres, avec çà et là quelques masures sinistres et délabrées. Le vent se mit à souffler plus fort, les faisant frissonner de froid.

— Plutôt monotone, commenta alors Phoebe.

— Oui, c'est à s'endormir sur place, convint Piper.

— Justement, continua Prue en bâillant, je m'offrirais bien un petit somme.

— C'est vrai, je suis... fatiguée, reprit Phoebe avant de s'affaler contre un monticule d'herbe humide.

— Oh oui, si on se reposait deux minutes ? enchaîna Piper.

Sans attendre de réponse, elle s'appuya contre un arbre et se laissa glisser le long du tronc. Une fois assise, elle posa sa tête sur ses genoux repliés.

Debout au milieu du chemin, Prue regarda ses sœurs sombrer dans le sommeil. Les paupières lourdes, elle sentait une étrange torpeur l'envahir, elle aussi. Pour résister, elle s'efforça de rester debout.

Ce... ce n'est pas normal, se dit-elle. *Qu'est-ce qui nous arrive ? Je... j'ai l'impression d'être droguée...*

— Hé... réveillez-vous, souffla-t-elle d'une voix faible. On a été droguées... c'était un piège... les vapeurs du fleuve...

Hélas, ses paupières étaient de plus en plus lourdes. Elle tituba puis finit par s'écrouler aux pieds de Phoebe.

Une sorte de hennissement rauque la tira de sa torpeur. Elle fit un effort pour rouvrir les yeux.

— Qu... qu'est-ce que c'était ?

Le mugissement au lointain lui donna la chair de poule. Cela se rapprochait.

— Piper... Piper, Phoebe, réveillez-vous !

Se relevant avec peine, elle alla secouer ses sœurs.

— Quoi... geignit Piper avec une grimace.

— Laisse-moi dormir... marmonna Phoebe en se recroquevillant sur elle-même.

Les cris se firent plus aigus, plus proches aussi.

— Prue... lança Piper, soudain en alerte, qu'est-ce que c'était ?

— Je ne sais pas et je ne veux pas le savoir, répondit-elle (elle bondit sur ses pieds). Filons d'ici.

Piper se leva à son tour.

— Oh, gémit-elle, j'ai l'impression que mon cerveau est en coton.

— Moi aussi, ajouta Prue. Raison de plus pour décamper. Allez, Phoebe, debout !

Piper aidait sa jeune sœur à se relever quand des bruits de sabots venant du fond des bois résonnèrent tout près d'elles.

— C'est un Centaure ! s'écria-t-elle.

— Un Centaure ?

— Oui, une créature moitié cheval, moitié homme. Ils ont plutôt mauvaise réputation dans la mythologie grecque !

— Qu'est-ce qu'il vient faire là ?

La créature était impressionnante : un torse humain surmontant un corps de cheval deux fois plus massif que celui d'un cheval normal. Son visage émacié était auréolé d'une chevelure broussailleuse, aussi noire que l'ébène. Ses yeux étincelaient de fureur et un rictus cruel tordait sa bouche, laissant apparaître des dents blanches et pointues.

— Est-ce qu'ils sont nombreux dans sa famille ? s'enquit Prue, prise de panique à mesure que le centaure s'approchait d'elles.

— Oui, bien trop pour nous ! cria Piper en secouant Phoebe afin qu'elle se réveille. Partons d'ici, vite !

— Que se passe-t-il ? balbutia cette dernière, la voix encore pâteuse.

Me réveiller… Ouvrir les yeux… Piper m'appelle… Je n'y arrive pas…

Dans son sommeil, la jeune femme sentit une poigne ferme l'attraper par la taille et la soulever de terre.

Elle ouvrit les paupières et laissa échapper un cri d'effroi. Pour être réveillée, elle était bien réveillée ! Plaquée contre les flancs d'un cheval, une main puissante la maintenait fermement prisonnière tandis que la monture partait au galop en direction des bois.

Elle tourna la tête et aperçut le visage de son ravisseur.

— Mais… vous n'êtes pas un cheval !

Il poussa un hennissement sauvage en guise de réponse. Un sourire méchant se dessina sur son faciès sombre.

— Prue ! Piper ! Au secours ! Aidez-moi !

Mais elles n'étaient déjà plus que deux points au lointain.

Impuissantes, ses deux sœurs avaient assisté à son enlèvement sans pouvoir rien faire.

— Suivons-les ! s'écria Piper en se mettant à courir.

— Pruuuuue… ! entendirent-elles gémir, suivit du hennissement du Centaure.

— Tiens bon, on arrive ! lança Prue, à bout de souffle.

On aurait dit qu'une force invisible ralentissait leurs pas. Après quelques minutes d'une course effrénée, les deux filles durent s'arrêter, épuisées.

— Je… je ne peux plus courir, lâcha Prue, appuyée contre un arbre. Voilà… ce que c'est que… d'avoir arrêté l'aérobic…

— Allez, on continue, l'encouragea Piper qui essayait de se frayer un chemin à travers les ronces.

— Je crois que j'ai une meilleure idée.

La jeune femme se concentra et quitta son corps pour se projeter aux côtés de Phoebe. Piper contempla l'enveloppe charnelle de sa sœur, et croisa les doigts pour qu'elle arrive à temps.

Ballottée comme un vulgaire sac de farine sur le dos de son ravisseur, Phoebe en avait l'estomac tout retourné. Quel ne fut pas son soulagement en voyant apparaître l'image de Prue derrière un arbre, puis rattrapant petit à petit le cavalier pour se mettre en travers de son chemin.

— Prue, attention ! hurla-t-elle.

Le Centaure poussa un grondement menaçant pour lui faire peur.

Mais, voyant qu'elle ne bougeait pas, il l'esquiva et partit au triple galop dans le sens opposé.

À sa grande surprise, Prue se planta de nouveau devant lui, les mains sur les hanches, le fixant droit dans les yeux.

Ouf, ce n'est que sa projection, se dit Phoebe. *Elle ne risque rien. Il va voir de quel bois ma sœur se chauffe !*

Déconcerté, l'homme-cheval ne savait plus quoi faire. Quelle que soit la direction qu'il prenait, la jeune femme lui barrait la route. Impossible de lui échapper !

Il finit par se cabrer et battre l'air de ses sabots.

— Wouaaaah ! cria Phoebe en se faisant désarçonner.

Une épaisse mousse verdâtre amortit sa chute.

Le Centaure fit un écart, poussa un rugissement rauque puis détala sans demander son reste. Le claquement sec de ses sabots s'évanouit dans la nuit.

Phoebe se releva et s'approcha de Prue en titubant. Sa robe de mousseline était toute déchirée, mais elle n'avait rien de cassé.

— Merci, grande sœur !

Mais Prue lui rendit un regard absent, hocha la tête et disparut dans un éclair lumineux.

— Oh, c'est vrai… Ce n'était qu'une image.

Elle mit ses mains en porte-voix et cria à pleins poumons :

— Hou ! hou ! Piper, Prue, vous êtes par là ?!

— Phoebe... ? entendit-elle au loin.

— Je suis là !

Elles continuèrent ainsi de s'appeler pour signaler leur position jusqu'à ce qu'elles se retrouvent enfin.

— Ah, je suis contente de vous revoir ! Jamais je n'avais eu aussi peur de ma vie ! Qu'est-ce que c'était que ce monstre ?

— Un Centaure, lui expliqua Piper. Une créature peu recommandable, comme tu as pu t'en rendre compte. Je suis sûre qu'il obéissait aux ordres de quelqu'un...

— Qui ? demanda Phoebe.

— Qui que ce soit, il ne va certainement pas tarder à montrer le bout de son nez ! fit observer Prue en secouant les dernières traînées de brume qui collaient encore à ses cheveux. Allez, les filles, on continue.

— On est perdues... Il n'y a aucun sentier, objecta Piper.

— Je suis d'avis de partir dans la direction opposée à celle du Centaure, suggéra Phoebe.

— Bonne idée, convint Prue. Ça nous épargnera peut-être d'autres mauvaises rencontres.

Les trois sorcières se remirent en route à travers le bois, qui devenait de plus en plus sombre.

Au bout de ce qui leur parut une éternité, elles débouchèrent sur une clairière, au milieu de laquelle coulait un mince filet d'eau.

— Et si on suivait ce ruisseau ? proposa Piper. Il doit bien mener quelque part.

Peu à peu, le ruisseau se transforma en une rivière aux flots tumultueux. Un grondement puissant et régulier se fit entendre.

— Qu'est-ce que c'est ? grimaça Phoebe.

— Une cascade ? avança Prue. Ne ralentissons pas.

Une centaine de mètres plus loin, une paroi rocheuse leur barra le chemin. Elle s'étendait à perte de vue et s'élevait si haut qu'elle se perdait dans la noirceur nuageuse du ciel. Le cours d'eau s'engouffrait dans une grotte qui semblait être la seule ouverture. Un bruit assourdissant montait des entrailles de la terre.

— Vous avez vu ? observa Piper. Il y a un passage sur le côté…

— Tu… tu crois vraiment que… ?

— Oui, il faut y aller, Phoebe, l'encouragea Prue. Nous devons découvrir ce qu'il y a de l'autre côté.

— Brrrr, ce n'est pas très engageant.

— Je sais, mais on n'a pas vraiment le choix.

L'aînée des Halliwell s'aventura la première dans la grotte humide et froide ; ses sœurs la suivirent avec réticence. L'obscurité se faisait de plus en plus profonde à mesure qu'elles progressaient. Elles longèrent en silence ce tunnel où résonnait le vacarme des eaux.

— Tu crois que ça mène quelque part ? demanda Phoebe.

— Peut-être, répondit Prue. On ne le saura qu'une fois arrivées au bout.

Le passage fit un coude et déboucha enfin sur une salle, creusée dans la roche. Elles durent courber la tête pour y entrer et virent que la cavité donnait elle-même sur une autre salle, de dimension identique, puis une autre encore. Elles les traversaient rapidement quand Piper s'arrêta soudain.

— On dirait qu'il y a un feu au fond, là bas, ou une sortie, murmura-t-elle en indiquant une faible lueur dans les ténèbres.

Phoebe sentit un frisson lui parcourir le dos. Ce n'était pas seulement le froid et l'humidité des lieux, mais une angoisse sourde et grandissante.

Pour se redonner courage, elles se tinrent la main et continuèrent d'avancer. Ce qu'elles virent dans la salle suivante les figea de stupéfaction. Sur un trône taillé dans la pierre, siégeait Nikos !

Il portait à présent un costume de velours sombre et fumait un long cigare à l'odeur écœurante. Les cheveux lissés en arrière, son visage, alors si doux, n'exprimait plus qu'orgueil et mépris. Les jambes croisées, il paraissait les attendre et esquissa un sourire carnassier à leur venue.

— Vous en avez mis du temps… lança-t-il sur un ton sarcastique. Et comme vous avez l'air effrayées !

— Nikos… balbutia Phoebe en faisant un pas vers lui. Tu vas bien ? Que… qu'est-ce qui t'est arrivé ? Où sont les autres ?

— Je vais parfaitement bien. La vie misérable d'artiste est loin, maintenant ! Je suis à présent au cœur du royaume de mon père, le Maître des Ténèbres.

L'étonnement et l'incompréhension de la jeune femme le firent éclater de rire. Puis il se tut et plongea ses yeux cruels dans les siens, s'amusant de la voir si troublée.

— Qui êtes-vous ? demanda Prue d'une voix blanche.

— Nous nous connaissons, il me semble. Je m'appelle Nikos. Bien sûr, je ne vous ai pas tout dit sur moi !

— La peinture n'était qu'un passe-temps, une couverture bien pratique, n'est-ce pas ? Qui êtes-vous en réalité ?

— Je suis prince. Prince des Enfers, pour être exact. Bientôt, je serai le maître de ce monde souterrain. Un métier très ennuyeux, à dire vrai. Juger, punir, torturer, encore et encore. Mon père l'a en horreur.

— Oh, mon Dieu… ! souffla Phoebe.

— Non, pas encore, ma chère, reprit-il avec un sourire acide. Mais bientôt, mon heure viendra.

Jolie coïncidence, n'est-ce pas, Prue, de m'avoir donné le rôle d'Hadès pour votre mise en scène de pacotille ? Jamais je n'aurais osé l'imaginer moi-même.

— Où sont les autres modèles ? demanda Prue d'une voix ferme.

Nikos se leva et s'approcha des trois sœurs.

— Ils vont bien, ne vous inquiétez pas. Je sais prendre soin de mes *invités*. Je les garde… au chaud. (Il gloussa.)

D'un geste vague, Nikos indiqua une ouverture, derrière lui, qui donnait sur un corridor obscur.

— Pourquoi les avoir amenés ici ? intervint Piper.

— C'est évident, non ? Sans eux, comment vous aurais-je convaincues de venir me rejoindre ?

— Et qu'est-ce que vous attendez de nous ? voulut savoir Prue.

Il jeta son cigare d'une chiquenaude et se dressa de toute sa hauteur.

— De vous, mademoiselle la photographe tyrannique, rien du tout ! Je ne pensais même pas vous trouver ici.

Devinant soudain ses intentions, Piper se plaqua une main sur la bouche et murmura :

— Le Centaure… C'est Phoebe que vous vouliez !

— Enfin quelqu'un qui me comprend… Oui, c'est bien Phoebe qui m'intéresse ! Elle a plus de valeur que vous ne le pensez.

— Pourquoi moi ? s'enquit la jeune femme en l'implorant du regard.

— Pour ton âme, voyons ! J'ai besoin d'une âme divine pour réaliser mes projets.

— Mais je ne suis pas une déesse ! Ce n'était qu'un rôle le temps d'une séance de photo…

— Je suis au courant, merci, coupa-t-il en la toisant avec mépris. Et c'est bien là mon problème. Les vraies déesses se font rares, de nos jours.

— Arrête, tu vas me faire pleurer.

— Tu ne crois pas si bien dire, reprit-il en posant sur elle un regard chargé d'une convoitise cruelle. J'estime donc que j'ai droit à un lot de consolation. Puisque je ne peux pas avoir de déesse, une sorcière fera l'affaire !

Il fit un pas vers Phoebe et lui saisit les poignets. Elle se débattit mais il maintenait sa prise avec une force incroyable. Impassible, il attendit qu'elle se calme. Piper tenta de le figer, mais rien ne semblait faire effet sur lui.

— Vous ne croyez tout de même pas que votre magie de bazar peut m'atteindre ! rugit-il en éclatant de rire. Vous ne pouvez rien contre moi. Je suis le maître, ici !

— Je croyais que c'était votre père, rétorqua Prue avec insolence.

Le visage de Nikos s'assombrit. Ses yeux brûlèrent d'une fureur contenue.

— Disparaissez toutes les deux ! Allez retrouver, là-haut, votre vie de misère !

Sans lâcher Phoebe, il leva le bras en direction de Prue et de Piper, et les repoussa violemment. Elles titubèrent vers le seuil et furent emportées dans un tourbillon à travers le long couloir sombre qui les avait conduites jusque-là.

Devant l'entrée de la grotte, les eaux furieuses qui s'engouffraient dans les ténèbres rugissaient tel un monstre près de les dévorer.

Puis, tout à coup, ce fut le silence. Prue et Piper se retrouvèrent sous la véranda, dans le manoir des Halliwell. Devant le vieil appareil photo de Nikos. Comme si elles n'étaient jamais parties.

Sauf que Phoebe n'était pas là.

CHAPITRE 6

Piper bondit sur ses pieds et se rua dans le salon. Peut-être Phoebe avait-elle atterri quelque part ailleurs… derrière le canapé, ou… peut-être que ce voyage dans les Enfers n'était qu'un cauchemar et que sa sœur allait sortir de la cuisine, en croquant une pomme…

— Phoebe ? appela-t-elle, la gorge serrée.

Elle sentit une main sur son épaule. C'était Prue qui lui faisait comprendre d'arrêter là ses recherches, que ce n'était pas la peine. Un coup d'œil sur les étudiants endormis sous la véranda suffit à la rappeler à la triste réalité. Ce n'étaient que des corps inertes dont l'âme avait été capturée par l'appareil de Nikos et retenue dans le royaume d'Hadès.

Piper dut s'appuyer contre son aînée pour ne pas s'écrouler.

— Il a donc gardé Phoebe avec lui… murmura-t-elle d'une voix étranglée. Ce n'était pas un rêve.

Elle s'avança, puis se figea, les yeux écarquillés.

— Il… il est toujours là !

Nikos était en effet parmi les autres figurants de la photo, plongé comme eux dans un sommeil paisible. Ses boucles noires encadraient son beau visage anguleux.

— Il ressemble à un ange, lâcha Prue sur un ton furieux.

— Comment aurait-on pu savoir que c'était un démon ? Occupe-toi de lui.

La jeune femme leva la main au-dessus du corps endormi et se concentra.

Attends de voir de quoi je suis capable dans mon monde à moi !

Mais rien ne se passa.

Allongé entre Héra et Arès, Nikos n'avait pas bougé d'un pouce.

— Je ne comprends pas… s'étonna Prue.

Elle répéta son geste, encore et encore, rien n'y fit.

De rage, Piper se jeta alors sur lui mais poussa un cri d'effroi. Ses doigts étaient passés au travers de son corps !

— Prue, on dirait que tu n'es pas la seule à pouvoir te projeter ailleurs. Nikos n'est pas là. Il devait savoir dès le début qu'on allait se venger sur son apparence terrestre.

— Tu m'étonnes, il s'est défilé comme un lâche.

Après avoir flanqué un coup de pied coléreux dans l'image de Nikos, Piper lança :

— Qu'est-ce qu'on fait, maintenant ?

— On monte au grenier !

Sans plus attendre, elles grimpèrent l'escalier quatre à quatre pour se précipiter sur le *Livre des Ombres*.

— Voyons ce que l'on peut trouver sur le royaume d'Hadès, marmonna Prue en feuilletant le vieux volume d'une main fébrile. Hadès… Hadès… C'est incroyable, je ne trouve rien !

— Cherche à *Enfers*, lui suggéra alors sa sœur. Ou à *Maître des Morts*…

Prue poursuivit sa recherche. Sans résultat.

— Il n'y a rien, soupira-t-elle.

Elle referma le grimoire et échangea un regard impuissant avec sa sœur.

— Ce n'est pas possible. Moi qui pensais que le *Livre des Ombres* était infaillible.

— Il représente la somme du savoir de nos aïeules, peut-être n'ont-elles jamais eu à faire avec le royaume d'Hadès ? hasarda Piper.

— On serait donc les premières… Je déteste innover en matière de forces démoniaques…

— Je n'ai pas l'âme d'une pionnière non plus, mais il va bien falloir tirer Phoebe de là. Qu'est-ce qu'on fait, maintenant ?

L'atmosphère était sombre et froide. L'humidité suintait des murs de pierre. Phoebe se réfugia dans un coin de la pièce pour l'examiner. Nikos l'avait enfermée là sans rien lui dire de plus.

C'était une chambre richement décorée où trônait un grand lit à baldaquin avec de lourdes tentures de velours rouge. Des fauteuils tendus de satin pourpre se faisaient face devant une table en marbre sculpté. Des têtes de monstres grimaçant semblaient en jaillir. On retrouvait les mêmes visages inquiétants autour du miroir qui ne reflétait que les ténèbres.

Il y eut un raclement sourd. La porte s'ouvrit sur Nikos, entouré de quatre jeunes femmes en combinaison argentée et moulante. Leur longue chevelure noire tombait sous la taille et faisait ressortir la pâleur de leur peau.

— Hum… Quel goût ! lança Phoebe sans masquer son mépris. C'est quoi, ces déguisements ? Tu te prends pour le comte Dracula ?

— Tais-toi ! Tu apprendras à aimer, tu verras.

D'un geste du menton, il fit signe à ses esclaves.

— Occupez-vous d'elle. Elle n'est pas présentable.

Puis il tourna les talons et la porte se referma derrière lui.

Les quatre créatures s'avancèrent, les yeux brillants de joie. Leur sourire carnassier découvrait des petits crocs luisants et… une langue fourchue comme celle d'un serpent.

La jeune sorcière recula, horrifiée. Acculée au fond de la pièce, elle ne pouvait leur échapper. Au contact de leurs doigts glacés sur son corps, elle s'évanouit.

Quand Phoebe rouvrit les paupières, elle était de nouveau seule dans la chambre. Debout devant le grand miroir, elle se reconnaissait à peine.

— J'ai le look parfait pour tourner dans un vidéo clip d'un groupe de rock gothique…

Elle portait à présent une longue robe de velours couleur lie de vin, au décolleté vertigineux, tellement serrée qu'elle en avait le souffle coupé. Les manches évasées lui couvraient les mains jusqu'à la naissance des doigts, et une fine corde dorée lui ceignait la taille.

On lui avait maquillé les yeux avec du khôl noir et tout son visage était recouvert d'une crème blanchâtre, lui donnant l'aspect d'une… morte vivante. Ses cheveux étaient sombres comme l'ébène et relevés en un savant chignon avec des mèches qui lui retombaient sur le front et la nuque.

Elle voulut tout enlever, mais s'immobilisa en entendant la porte s'ouvrir.

Un homme s'approcha d'elle. Enfin… une créature mâle, dont la langue de serpent sifflait entre ses lèvres pâles.

Décidément, Nikos a de très mauvaises fréquentations...

Elle fit un pas en arrière et prit une position d'attaque. Elle ne possédait certes pas de pouvoir offensif comme ses sœurs, néanmoins elle n'était pas sans ressources. Hélas, le monstre infernal la souleva avec une force incroyable et la plaqua par-dessus son épaule. Elle eut beau se débattre telle une forcenée, il s'achemina avec nonchalance dans une enfilade de couloirs sinistres.

Phoebe était glacée jusqu'aux os, sa ridicule robe laissant en grande partie sa peau dénudée. Elle fut jetée sur une chaise en bois sculpté avec brutalité.

La pièce dans laquelle elle se trouvait à présent était plus grande que la précédente. Il y avait de larges sofas en velours cramoisi, et plusieurs tables en marbre, avec des coupes de fruits et des carafes de cristal emplies de vin.

Nikos l'attendait, un gobelet en or à la main et un rictus cruel sur les lèvres. Il trônait au milieu de ses créatures démoniaques.

Phoebe se leva, lissa sa robe pour se redonner courage et affronta son regard ironique avec aplomb.

— Je peux savoir ce qui se passe, ici ? demanda-t-elle.

Nikos avala une longue gorgée, puis dévisagea la jeune femme en hochant la tête d'un air satisfait.

— Ah, Phoebe, voilà qui est mieux ! Cette coiffure est très réussie. Le noir te sied à merveille...

— Je me fiche de savoir ce que tu penses de ma tenue ou de ma coiffure. J'exige de savoir où sont les modèles qui posaient pour Prue.

— Assieds-toi, Phoebe, et bavardons un peu. Prends un verre de vin. C'est le meilleur de tous les Enfers.

Une des esclaves tendit alors une coupe en cristal finement ciselé à Phoebe. Cette dernière la jeta à terre où elle se brisa en mille éclats sur la pierre. Le liquide écarlate faisait penser à du sang…

— Je veux une réponse. Tout de suite !

Nikos poussa un soupir et fit un signe de la main à l'un de ses serviteurs, qui, aussitôt, se hâta de venir nettoyer le sol.

Il se leva et s'avança en titubant légèrement.

Il est ivre, songea-t-elle avec mépris.

— Je te fais l'honneur de te prendre pour épouse et toi, tu t'inquiètes pour de malheureux mortels ? N'y pense plus, ma chérie, et réjouis-toi en ce jour de liesse.

— Me prendre pour épouse ! Moi ?

— Je sais, je sais, c'est un peu rapide, mais…

— Attends, attends… Je n'ai pas donné mon consentement !

— Assieds-toi, lui ordonna-t-il alors sur un ton glacial.

Les mains sur les hanches, Phoebe jeta un regard autour d'elle. Aucun moyen de s'échapper : il n'y avait qu'une seule issue et elle était gardée. Elle ne savait pas encore comment elle pourrait déjouer l'attention des créatures de Nikos, mais elle décida de s'approcher le plus possible de la porte.

Elle se dirigea vers un fauteuil où se prélassait une des filles.

— Je vais m'asseoir ici, merci.

Furieuse, la créature lui feula au visage mais finit par lui céder sa place.

— Phoebe, reprit Nikos sur un ton plus doux, je veux simplement t'épouser.

— C'est bien beau tout ça, mais... Tu me traites avec tant de respect et d'affection que... Je ne sais pas...

— Voyons, le respect et l'affection n'ont rien à voir avec le mariage !

— Sur Terre, si.

Il éclata de rire.

— Nous ne sommes pas *sur* Terre, mais dans le royaume d'Hadès ! Ici, le mariage n'est rien de plus qu'une obligation. Regarde mes parents.

— Garde tes problèmes de pauvre enfant délaissé pour ton psy. Dis-moi seulement pourquoi tu veux m'épouser.

— Je ne *veux* pas tant t'épouser que ça, Phoebe, je le *dois*. C'est une obsession chez mon père. Si je ne suis pas marié avant le jour de mes vingt-cinq ans, je serai banni à tout jamais de son royaume.

— Banni… où ça ?

— Sur Terre ! Sans pouvoir, sans magie, condamné à mener une existence monotone, à errer parmi les mortels qui, soit dit en passant, ne sont pas des êtres très réjouissants.

— Je te renvoie le compliment, rétorqua-t-elle en désignant les pâles créatures alanguies autour de lui.

— Mon père a déjà jeté son sort. S'il n'y a pas d'anneau à mon doigt le matin de mon vingt-cinquième anniversaire, je serai aussitôt envoyé… là-haut.

Il frémit à cette idée et poursuivit :

— Il y a si peu de déesses célibataires de nos jours… Tu sembles être la seule femme qui puisse me convenir. Je l'ai su dès l'instant où j'ai entendu ton prénom. Dans la mythologie grecque, Phoebe est une Titanide, déesse de la Lune. Il faut te rendre à la raison, ma belle. C'est le destin…

— Alors, toute cette conversation qu'on a eue ensemble dans ce café…

— As-tu réellement cru que j'étais sincère ? Quelle naïveté… je dois reconnaître que tu es assez jolie, mais loin d'être mon genre ! Et puis, ce n'est que pour un moment.

— Qu'est-ce que tu entends par là ?

Il poussa un soupir d'agacement.

— Eh bien, nous allons nous marier, mais ne va pas te mettre dans la tête que nous allons roucouler comme des amoureux ! Tu ne seras rien d'autre qu'un boulet pour moi. Heureusement que cela ne durera pas longtemps.

Il s'approcha d'une table chargée de victuailles, prit une assiette et la tendit à Phoebe.

— Tu ferais bien de t'y préparer. Mange autant que tu voudras et deviens aussi énorme qu'il te plaira, je m'en moque. Tout ce que je veux, c'est cette cérémonie de mariage.

— Jamais ! gronda-t-elle.

— Tu as tort d'agir ainsi, la menaça-t-il en lui saisissant les deux poignets avec force.

Ses yeux luisaient d'un éclat cruel. Il plongea une main dans sa poche… Phoebe se figea de terreur. Son cœur battait à tout rompre, croyant ses derniers instants arriver.

Mais il se contenta de lui brandir sous le nez une bague de fiançailles ! La jeune femme ne put retenir un cri d'admiration. C'était un anneau en or, serti d'un magnifique diamant jaune et de deux rubis taillés en triangle. Les gemmes scintillaient dans les ténèbres.

Sans desserrer la pression sur son poignet, Nikos lui glissa de force la bague sur l'annulaire gauche. Elle épousa son doigt à la perfection, comme si elle avait été faite pour elle !

Puis il la repoussa avec indifférence et retourna se vautrer sur le divan où l'attendaient deux créatures à la langue fourchue.

— Nous voilà fiancés ! Tu vois que je ne me moque pas de toi. J'espère que tu me feras toi aussi un cadeau pour mon anniversaire ! C'est le quinze août…

— Mais c'est… !?

— Exact, ma chère. Dans cinq jours. La cérémonie du mariage aura lieu à cette date.

CHAPITRE 7

Les deux sœurs étaient redescendues dans le salon avec le *Livre des Ombres*. Piper vérifiait que les mannequins allaient bien tandis que son aînée feuilletait le vieux grimoire.

— Et si on retournait aux Enfers ? suggéra Piper. Nikos ne doit pas s'attendre à nous revoir ; on l'aurait par surprise…

Prue secoua vivement la tête.

— Ça ne marchera pas. Rappelle-toi le chemin épuisant qu'on a dû faire pour arriver à la grotte. Et on ne sait même pas comment revenir sur Terre ensuite !

— La pauvre Phoebe doit se demander pourquoi on n'est pas encore venues la sauver ! J'espère que cet horrible Nikos ne la maltraite pas.

Prue, toujours plongée dans le vieil ouvrage, leva soudain un index.

— Attends… J'ai peut-être trouvé quelque chose.

— Quoi ?

— Regarde, c'est une incantation pour les âmes perdues. *Lorsqu'un esprit errant vous échappe, prononcez cette prière, elle vous aidera…*

— Ça m'a l'air intéressant. Si on essayait ?

— On n'a pas le Pouvoir des Trois. Il faudra peut-être la répéter plusieurs fois pour qu'elle fasse effet.

Les yeux clos, les deux sœurs se prirent les mains et murmurèrent :

— *Esprit, ô esprit, où rôdes-tu ? Écoute notre appel, et reviens-nous au plus vite. Esprit, ô esprit…*

Elles prononcèrent le sort trois fois, y mettant tout leur cœur.

Après le dernier mot, elles rouvrirent les yeux. Piper balaya la pièce du regard. Rien. Pas de Phoebe. En soupirant, elle se tourna vers Prue. Cette dernière semblait terrifiée. Elle leva un bras tremblant vers l'entrée de la véranda.

— Qu'y a-t-il ? demanda sa sœur en redoutant de découvrir une autre créature infernale venue les défier.

Prue désignait tout simplement un petit miroir au cadre doré qui avait toujours été là.

— Ce n'est pas vrai… Phoebe !

Leur petite sœur, dans le miroir ! Ou du moins, son reflet spectral. Étrangement vêtue, elle faisait les cent pas dans une chambre d'allure gothique.

— On se croirait dans un château moyenâgeux ! s'étonna Prue. Tu vois ce lit à baldaquin ? Et ces chaises en velours ?

— Et... tu as vu la robe qu'elle porte ? s'étrangla Piper. Et cette bague... !

Prue prit le miroir entre ses mains, mais l'image pâlit soudain, devint floue et finit par disparaître totalement.

Les deux sœurs échangèrent un regard incrédule.

— Bon, Phoebe est prisonnière d'un type qui a un décorateur terrible ! grommela Piper.

— Au moins, elle va bien. Au fait, j'y pense, la bague qu'elle avait au doigt, c'était...

— Un diamant, oui. Avec des rubis, je crois. Mon Dieu, Prue, c'est... une bague de fiançailles !

— Quoi ? Qu'est-ce qui te fait dire ça ?

— Nikos a enlevé Phoebe pour qu'elle devienne sa femme ! Son père, Hadès, avait fait la même chose avec Perséphone : il voulait faire d'elle la reine du royaume des morts.

— Ne m'as-tu pas raconté aussi qu'elle ne restait aux Enfers que six mois sur douze ?

— Oui, grâce à l'intervention de Zeus. Hadès fut contraint de s'y résoudre.

— Pourquoi ?

— Zeus est le plus puissant des dieux de l'Olympe ; il leur commande à tous, Hadès y compris.

— Il suffirait d'entrer en contact avec lui… Qu'en penses-tu ?

— On est descendues aux Enfers, on peut bien grimper en haut de l'Olympe !

— On lui demanderait de libérer Phoebe. Au fait, pourquoi est-ce que cela n'a marché qu'à moitié pour Perséphone ?

Prise de panique, Piper se rua sur le *Livre des Ombres*.

— Parce qu'elle a mangé six grains de grenade ! Il faut qu'on se dépêche de trouver un moyen d'accéder au mont Olympe avant que Phoebe ne mange quoi que ce soit !

— Elle qui est si gourmande… Pourvu que l'idée d'épouser le prince des ténèbres lui ait définitivement coupé l'appétit.

Piper n'eut pas besoin de chercher longtemps, une page entière était consacrée au mont Olympe.

— Alors, demanda Prue, qu'est-ce que ça donne ?

— Une potion, une incantation… répondit sa cadette en en recopiant à la hâte les formules sur une feuille de papier. Le soleil est une sorte de portail sur le monde divin à son lever et à son coucher.

— Ce doit être faisable, non ? Et comment est-ce qu'on y va ?

— J'ai malheureusement l'impression qu'une seule de nous deux pourra y aller.

— Comment ça ? Pourquoi ?

— En fait, la potion sert à atteindre l'Olympe, mais il faut quelqu'un qui reste dans le monde des mortels pour prononcer le sortilège qui l'aidera à revenir.

— Qu'à cela ne tienne ! Préparons vite ce breuvage des dieux.

Les deux sœurs réunirent tous les ingrédients nécessaires et les mélangèrent dans un petit bol en cuivre. Piper pilait les pétales de rose qu'il fallait ajouter en tout dernier quand elle demanda soudain :

— Au fait… qui de nous deux va boire cette mixture ?

— J'y réfléchissais justement.

— J'imagine que tu es la mieux placée pour ça, grimaça Piper. Tu es l'aînée, c'est toi qui as le plus de pouvoirs. Moi, je resterai à la maison… comme d'habitude.

— Pas cette fois.

— Ah oui ?

Surprise, la jeune femme leva les yeux sur sa sœur, qui continuait de remuer l'étrange breuvage.

— D'abord, tu connais la Grèce antique sur le bout des doigts ; tu es incollable sur le sujet. Et puis, ce serait peut-être mieux que je reste ici, au cas où il se passerait quelque chose.

— Incroyable, murmura Piper d'un air songeur. Je vais aller sur l'Olympe… Tu imagines, demain je serai dans le domaine des dieux pendant que la pauvre Phoebe trépigne en Enfer !

— Il n'y a pas de justice ! la taquina Prue.

Soulagées, elles allaient mettre la touche finale à la potion quand on sonna à la porte d'entrée.

— Oh, non... pas maintenant ! s'énerva Prue. Qui cela peut être ?

— Ne bouge pas, j'y vais.

Piper s'essuya les mains à la hâte et traversa le vestibule.

C'était l'adorable et potentiel-nouveau-petit-ami de Prue ! Qu'il était mignon avec sa chemise bleu pâle et son jean délavé !

— Mitchell ! lâcha-t-elle assez fort pour que sa sœur l'entende.

Aussitôt, un petit cri de surprise lui parvint de la cuisine.

— Heu... bonjour. Prue vous attendait, peut-être ?

— Oui, répondit-il avec assurance. J'ai réussi à lui arracher la promesse d'un dîner pour ce soir, avant qu'elle ne me flanque dehors, hier.

— Oh, oui, c'est... super. Heu... Mitchell, vous pouvez attendre une seconde ? Je crois qu'elle n'est pas tout à fait prête, encore. Entrez, installez-vous là... Je reviens...

Elle courut rejoindre sa sœur dans la cuisine. Effondrée sur une chaise, cette dernière se tenait la tête dans les mains.

— Je… je l'avais complètement oublié ! Je ne peux tout de même pas lui refuser deux fois de…

— Vas-y, ne t'inquiète pas. De toute façon, on ne peut pas agir avant le lever du soleil. Je saurai très bien terminer de préparer cette mixture toute seule. Cela te fera du bien de te changer les idées.

— Tu plaisantes ! Phoebe est en danger et tu veux que j'aille faire la fête ?

— Hé, il y a un garçon super qui t'attend dans l'entrée, insista Piper. Et, au cas où tu ne l'aurais pas remarqué, on se retrouve en danger au moins une fois par semaine, ici ! Va dîner avec lui, je m'occupe du reste. Allez, c'est un ordre !

— Mais tu es sûre que ça ira, pour la potion ?

— Je te rappelle que je suis un grand chef ! Aucune recette ne me résiste.

Prue fronça les sourcils puis haussa les épaules.

— D'accord… Dis-lui que je serai prête dans cinq minutes. Je file m'arranger un peu. Et… Piper ?

— Oui ?

— Merci. Tu es un amour.

— Je le sais ! Allez, monte, tu vas être en retard. Je sers un verre à Mitchell, en attendant.

Le cœur lourd, Piper se demanda depuis quand un garçon ne l'avait pas courtisée de la sorte… Elle lâcha un gros soupir et alla retrouver le journaliste dans l'entrée.

— Prue est en retard, comme d'habitude, annonça-t-elle. Elle arrive dans cinq minutes.

— Oh, parfait. Pendant un instant, j'ai cru qu'elle allait renvoyer une fois de plus notre dîner aux calendes grecques.

Hum, il ne croit pas si bien dire…

CHAPITRE 8

Appuyée au bar de la cuisine, un verre d'eau fraîche à la main, Prue repensait avec délice aux baisers qu'elle venait d'échanger avec Mitchell. Il s'était montré si doux, tellement adorable qu'elle aurait voulu que le temps s'arrête et que le jeune homme ne la quitte jamais.

Le dîner avait été un peu trop arrosé, le chianti lui était complètement monté à la tête. Elle avala deux cachets d'aspirine et monta dans sa chambre. Après avoir réglé le réveil sur quatre heures trente, elle s'effondra dans son lit et s'endormit comme un loir.

Piper eut un sommeil agité et se leva bien avant l'aube. Elle passa un sweat-shirt blanc et un caleçon confortable puis descendit dans la cuisine. Elle attachait les lacets de ses baskets quand Prue la rejoignit.

— Tu… t'apprêtes à courir un cent mètres, là-haut ?

— Qui sait, après notre périple dans les Enfers, je me prépare à tout.

— Tu as certainement raison. Quant à moi, c'est du café qu'il me faut !

— Assieds-toi, je t'en ai préparé une cafetière entière. Car, pour ce qui est d'attendre, tu risques d'être servie, je crois.

— Ce n'est rien à côté des risques que tu vas prendre. Promets-moi d'être prudente.

— Ne t'inquiète pas. Quand je pense que je suis sur le point de voir Zeus en personne ! Tu imagines ? Ce n'est quand même pas donné à tout le monde.

Prue sourit, amusée par l'excitation de sa sœur. Elle se planta devant la fenêtre et contempla le ciel qui s'éclaircissait à l'horizon.

— Prépare-toi à décoller. Le jour se lève, tu as… disons, cinq minutes devant toi.

— J'ai le cœur qui bat à cent à l'heure !

— Moi aussi. Je suis sûre qu'on y arrivera. Tiens, bois lentement pendant que je lis l'incantation.

Elle lui tendit la fiole qui contenait la précieuse potion et respira à fond pour se donner du courage. Piper se pinça les narines et avala deux longues gorgées du breuvage magique.

Elle sentit un léger picotement au bout de ses doigts et son corps s'illumina de l'intérieur, devint translucide, puis finit par disparaître peu à peu.

Fascinée, Prue resta un instant immobile, sans pouvoir détacher son regard de l'endroit où s'était tenue sa sœur quelques secondes plus tôt.

— Bonne chance, Piper, murmura-t-elle. J'attends ton retour, maintenant. Ne sois pas trop longue…

Piper sursauta au moment où son corps se rematérialisa quelques instants plus tard. Elle regarda autour d'elle, s'attendant à trouver devant ses yeux les monts nuageux de l'Olympe, mais découvrit avec stupeur qu'elle se trouvait à l'intérieur d'une bulle d'argent qui tournoyait sur elle-même. Elle crut distinguer du givre sur les parois de la capsule ; il faisait cependant plutôt doux.

La jeune femme eut un hoquet de surprise quand elle réalisa qu'elle était revêtue d'une sorte de body en lamé argent, très souple, mais un peu trop moulant à son goût.

Elle bougea un bras, puis une jambe.

— Parfait, je peux au moins remuer dans ce… Wouah, qu'est-ce qui se passe ?

La bulle s'ouvrait sous ses pieds et elle se sentit aspirée par une force irrésistible dans un long tunnel.

— Aaaaaah ! cria-t-elle en glissant à une vitesse vertigineuse le long de la paroi lisse et tiède.

Enfin, au bout de ce qui lui parut une éternité, elle fut éjectée dans une autre bulle, mais blanche et cotonneuse, cette fois.

Se redressant péniblement, elle commençait à inspecter les lieux quand une voix déclara :

— Bienvenue.

Piper bondit, fit volte-face mais ne vit personne.

— Heu… il y a quelqu'un ?

— Tu es Piper Halliwell.

C'était une voix de femme. Douce, bienveillante et harmonieuse.

— Qui êtes-vous ? Où suis-je ?

La panique la gagnait.

— N'aie pas peur.

Sa peur s'évanouit d'un seul coup. Elle se détendit, ne sentant en effet rien de menaçant.

— Je… Je suis ici pour…

— … voir Zeus.

— Euh… oui ! Vous voyez, je…

— Tu as une sœur qui est en danger. Inutile de m'expliquer, je lis dans tes pensées.

— Oh… souffla-t-elle en tirant nerveusement sur sa combinaison argentée.

— Tes vêtements te gênent. Tu n'en as plus besoin, maintenant. Tu as réussi le premier test et tu es sortie de l'antichambre.

— Un test… ? Mais… je n'ai rien fait !

En un clin d'œil elle se retrouva vêtue d'un superbe fourreau de mousseline bleu nuit.

— Si, tu as réussi là où de nombreux mortels ont échoué. C'est la pureté et l'honnêteté de ton cœur qui t'ont permis d'entrer. Nous avons scanné tes intentions.

— Scanné ? Me voilà en plein film de science-fiction ! Et... ?

— Tu subiras d'autres tests. Tu devras franchir une série de portails. Ensuite seulement, tu auras la permission de voir Zeus.

Piper grimaça, n'osant à peine imaginer les épreuves qui l'attendaient.

— N'aie pas peur. Continue de marcher.

Après avoir passé plusieurs portes, traversé plusieurs antichambres, aussi différentes et incroyables les unes que les autres, Piper se retrouva dans un second tunnel, beaucoup plus énorme et impressionnant que le premier.

Elle accéléra le pas et... déboucha dans une prairie verdoyante.

Un homme d'une stature imposante se tenait devant elle. Il était drapé dans une longue robe gris pâle, et sa magnifique chevelure argentée retombait en vagues souples sur ses épaules.

— Zeus... murmura Piper.

— Moi-même, répondit-il d'une voix profonde et douce. Suis-moi.

À peine eut-elle fait un pas qu'elle se retrouva installée sur un matelas de coussins moelleux. Le père des dieux lui faisait face, dans son trône de marbre, un essaim de serviteurs autour de lui.

D'un geste de la main, il leur ordonna de s'écarter puis s'adressa à la jeune femme :

— J'écoute ta requête.

Avec tact et diplomatie – après tout, Nikos n'était-il pas le neveu de Zeus ? –, elle lui raconta brièvement ce qui était arrivé à Phoebe depuis qu'elle avait amené ce garçon au manoir.

— J'ai peur qu'il ne veuille absolument épouser ma sœur, comme Hadès a voulu épouser Perséphone. Je vous en prie, Zeus, nous sommes des sorcières qui dédions notre vie à la protection des innocents. Sans le Pouvoir des Trois, nous ne pourrons plus remplir notre mission.

Il l'écouta avec attention et esquissa un sourire engageant.

— Piper, sais-tu ce qui a mené Perséphone à sa perte ?

— Oui, d'avoir mangé six grains de grenade.

— Ta sœur a-t-elle mangé quelque chose dans le royaume des morts ?

— Je ne sais pas, répondit-elle, soudain alarmée.

Un grondement de tonnerre se fit entendre. Zeus plongea ses yeux dans ceux de Piper et lui dit d'un air solennel :

— Écoute bien, maintenant, voici ton épreuve : *La nuit, elles apparaissent sans avoir été appelées. Le jour, elles disparaissent sans avoir été volées.*

Un frisson parcourut l'échine de la jeune femme. Elle connaissait cette coutume, qui se pratiquait autrefois dans la Grèce antique. Un mortel demandant une faveur aux dieux se voyait poser une énigme. S'il était capable de la résoudre, son souhait était exaucé. Sinon…

À présent, c'était au tour de Piper de prouver sa perspicacité. Le sort des Halliwell en dépendait.

Elle ferma les yeux et réfléchit. La nuit… Le jour… Elles disparaissent…

Laissant son esprit vagabonder librement, elle respirait calmement. Enfin elle ouvrit brusquement les paupières et s'exclama :

— Les étoiles ! Ce sont les étoiles.

Elle se rendit compte qu'elle venait pratiquement de hurler sa réponse et baissa la tête en signe d'humilité. Il y eut un long, très long silence, au terme duquel Zeus applaudit.

— Ta sœur est libre ! À la condition expresse qu'elle n'ait encore goûté à aucune nourriture du royaume d'Hadès.

— Oh, merci ! Merci !

Folle de joie, Piper bondit sur ses pieds, puis se figea :

— C'est vous qui allez la délivrer de Nikos ?

— Je ne peux malheureusement m'introduire dans le domaine de mon frère. C'est à toi d'aller trouver ta sœur et de la ramener dans le monde des vivants. Tout ce que je puis te promettre, c'est que les créatures d'Hadès ne réussiront pas à empêcher votre fuite.

— Oh… laissa-t-elle échapper, déçue.

« Pourquoi s'être donné tant de mal si… »

— Je sais que cela ne résout pas tous tes problèmes, lui dit Zeus qui avait lu dans ses pensées. Mais, crois-moi, sans mon intervention, ta sœur ne sortira *jamais* des Enfers. Si tu peux la rejoindre avant que Nikos ne l'épouse, et avant qu'elle ne mange quoi que ce soit, vous serez sous ma protection.

— Je comprends, reprit Piper en serrant ses mains à s'en faire blanchir les jointures. Je ne sais comment vous remercier.

— Au revoir, déclara-t-il simplement.

— Puis-je vous poser encore une question ?

— Je t'écoute.

— Les étudiants qui… sont partis en même temps que Phoebe, sont-ils aussi sous votre protection ?

— Je ne peux rien pour eux. C'est sur toi seule que repose leur destinée.

Sur ces paroles, il claqua des doigts et quatre serviteurs s'empressèrent d'escorter Piper jusqu'à la sortie. Il ne lui restait plus à présent qu'à refaire son étrange voyage à l'envers. Puis à redescendre aux Enfers et sauver sa sœur.

— Tiens bon, Phoebe, murmura-t-elle. J'arrive !

CHAPITRE 9

Prue faisait les cent pas dans la cuisine depuis le départ de sa sœur vers le mont Olympe. Jamais elle ne s'était sentie aussi impuissante. Elle qui avait toujours été la meneuse de la famille se retrouvait maintenant seule à garder le fort, pendant que ses sœurs se battaient dans le « monde de l'au-delà ».

De guerre lasse, elle se rendit au salon et jeta un coup d'œil derrière le rideau de velours qui fermait la véranda. La vue des mannequins endormis, toujours aussi beaux et paisibles, lui arracha un petit sourire.

Puis ses yeux tombèrent sur le vieil appareil photo, responsable de tous leurs ennuis.

— Et si je regardais ce qu'il y a sur ce négatif ? Ça m'occupera un peu de développer ce cliché.

Elle ôta la boîte métallique contenant la plaque de verre et descendit à la cave où était installé son labo. Son matériel de développement était prêt, elle alluma la lampe rouge et se mit au travail.

La jeune femme ajouta au fixateur une pointe de teinte sépia pour donner au cliché une patine à l'ancienne. Elle rinça sous l'eau fraîche le papier impressionné, et le laissa sécher quelques instants.

Une fois la photo sèche, elle alluma le plafonnier afin de mieux voir le résultat.

Très vite, ses yeux tombèrent sur Nikos.

— Cette photo va nous révéler sa vraie nature…

Elle étudia minutieusement le beau Grec et dut reconnaître qu'il n'avait rien d'un monstre des ténèbres. Ses boucles sombres tombaient en cascade autour de son visage aux traits doux.

Puis elle examina l'ensemble du cliché et hocha la tête d'un air satisfait. C'était parfait. Les mannequins étaient superbes. La composition était harmonieuse et, néanmoins, tout à fait originale.

— C'est incroyable ! souffla-t-elle. Arriver à ça avec un seul cliché… Cet appareil est encore plus magique que je ne le croyais.

Songeuse, Prue rangea son matériel et remonta au rez-de-chaussée. Elle jeta de nouveau un coup d'œil aux mannequins endormis, et regarda sa montre.

— Neuf heures, seulement ! Encore toute une journée à attendre avant le coucher du soleil… Je sens que je vais devenir folle !

— Je ne supporterais pas une nuit de plus dans cet endroit sinistre… maugréa Phoebe, qui se rongeait les ongles au milieu de coussins en velours cramoisi.

Il n'y avait aucune ouverture dans cette pièce et elle commençait à étouffer. Les créatures infernales de Nikos s'étaient relayées auprès d'elle l'une après l'autre pour lui apporter de quoi se nourrir. Chaque fois, Phoebe avait rejeté les plateaux de fruits et de mets divers.

Elle avait l'estomac vide, mais il était hors de question de toucher à quoi que ce soit qui vienne de leurs mains. La seule pensée de manger des plats préparés par ces monstres lui donnait la nausée.

Elle avait aussi reçu la visite de Jessica, une simple mortelle, l'épouse de Philip, frère aîné de Nikos.

— Ils sont onze frères, lui avait expliqué celle-ci. Nikos est le plus jeune, et le dernier à devoir se marier. Comme toi, j'étais horrifiée à l'idée de passer ma vie auprès d'un prince des morts, mais je me suis vite rendu compte de mon erreur. L'existence ici est bien meilleure comparée à celle que nous pouvons espérer chez les mortels.

Quel bonheur peut-on trouver à vivre six pieds sous Terre ?

La jeune femme lui avait offert à son tour de quoi se restaurer : une coupe de raisin et de poires juteuses, tout un assortiment de petits fours et de boissons fraîches.

— Aucune créature à la langue bifide n'a touché à ces aliments, mange sans crainte.

Devant la réticence de Phoebe, elle avait pris quelques grains de raisin et donné l'exemple avec un sourire engageant.

Comme la promise de Nikos gardait un silence renfrogné, Jessica était ressortie, non sans laisser le plateau bien en vue sur la table basse.

— Oh, Prue, Piper, où êtes-vous ? se lamentait Phoebe de nouveau seule.

Pour la cent millième fois, elle essaya de retirer sa bague de fiançailles. Impossible. C'était à hurler de rage ! Comment cette Jessica pouvait-elle aimer vivre ici, là où nul rayon de soleil ne pénétrait jamais ? Ce n'était qu'un monde de désolation, entouré par les ténèbres.

Elle fit le tour de la pièce dans laquelle on l'avait enfermée, mais ne décela aucune autre issue que la lourde porte en pierre qui semblait répondre uniquement aux ordres des créatures infernales.

Tenaillée par la faim, elle s'approcha du plateau. Tout cela était fort appétissant et elle sentait ses forces décliner à mesure que passait le temps. Elle prit une poire, la porta à sa bouche et fut saisie d'un violent spasme. Elle lâcha le fruit et tituba jusqu'au sofa le plus proche.

Sa vue se brouilla. C'était une de ses visions… Elle vit une silhouette de femme recroquevillée au pied d'un lit à baldaquin. L'image se fit plus nette et elle reconnut Jessica. Affaiblie, blafarde, la jeune femme mâchonnait quelque chose en pleurant. Les yeux vides et cernés, elle avait perdu son assurance et son éclat.

Puis la voici dans les bras d'un esclave de Nikos, virevoltant sous les regards de superbes jeunes gens aux yeux bleus perçants.

Tout se brouilla et Phoebe revint brutalement à la réalité. Que devait-elle comprendre de cette prémonition ? Son cœur battait la chamade. Elle s'assit et réfléchit calmement aux deux scènes qui s'étaient déroulées sous ses yeux. Jessica était apparue d'abord presque mourante et exsangue. Puis elle était de nouveau resplendissante de beauté… Était-ce la nourriture qu'elle avait prise dans sa chambre qui lui avait redonné vie ?

Phoebe contempla le plateau d'un air méfiant. On lui avait apporté toutes sortes de mets, plus appétissants les uns que les autres. Ils n'avaient cessé de l'inciter à manger… C'était forcément un piège.

D'un geste rageur, elle jeta le plateau par terre. Les fruits et les petits fours s'éparpillèrent aux quatre coins de la chambre.

— Si Nikos croit m'avoir par la gourmandise, il se trompe ! Je préfère encore mourir de faim que de toucher à un seul de ses plats !

Piper se retrouva dans la capsule translucide, en combinaison argentée. Combien de temps était-elle restée sur le mont Olympe ? Elle l'ignorait. Mais elle avait vécu une expérience inoubliable. C'était un monde plus magique encore que tous ceux qu'elle avait eu l'occasion de traverser au cours de sa jeune vie de sorcière.

— J'espère seulement que je ne m'y suis pas aventurée pour rien, soupira-t-elle, et que je pourrai rejoindre Phoebe à temps…

La lumière autour d'elle faiblissait doucement et prenait des teintes orangées. C'était un spectacle étonnant. La jeune femme se sentait enveloppée d'une agréable chaleur.

— Ce doit être le coucher du soleil !

La journée était passée si vite… Dans le domaine des dieux, le temps devait s'écouler différemment. Elle se tint immobile, les yeux fermés, prête à faire le voyage de retour. Dans le manoir familial, Prue allait prononcer l'incantation qui la ramènerait chez elle.

Prue était plantée devant l'horloge comtoise du salon. Sept heures. Le soleil ne se coucherait pas avant une bonne heure…

Il ne lui restait plus rien à faire... La maison brillait comme un sou neuf, le linge était repassé et rangé, ses négatifs étaient triés et classés... Elle avait même eu le temps de prendre un bon bain chaud et de combattre une nouvelle créature surgie du royaume d'Hadès. D'après les récits de Piper, elle en avait déduit que c'était une Gorgone et la seule façon de s'en débarrasser était de lui montrer son reflet. Prue s'était alors précipitée sur le miroir de leur grand-mère, et l'avait brandi devant le monstre des Enfers qui s'était aussitôt transformé en statue de pierre. Un beau caillou, très décoratif, avec sa tête hérissée de serpents, ses gros yeux globuleux et ses dents pointues !

Que faire, maintenant ? La jeune femme sentait l'ennui la gagner. Elle déambulait sans but dans la maison quand la sonnerie de la porte d'entrée retentit.

— Ah, enfin quelque chose à faire, se dit-elle, ravie. Me débarrasser de cet opportun...

Le sourire aux lèvres, elle alla ouvrir.

— Mitchell !

— Oui, c'est bien moi, lança-t-il en passant la tête derrière un énorme bouquet de roses. Bonsoir, Prue. Je ne te dérange pas, j'espère ? Je passais par hasard dans ta rue et je... il fallait que je te voie.

— Euh... non, pas du tout...

Elle ne s'attendait pas, mais alors pas du tout, à le voir surgir à l'improviste ! Elle passa une main dans ses cheveux et se rappela, au bord du désespoir, qu'elle n'était même pas maquillée !

— Je n'ai pas cessé de penser à toi depuis... depuis hier soir et... Je sais que tu es très occupée mais je me suis dit que cela te donnerait l'occasion de... faire une petite pause.

— Oui, oui... certainement. Entre, je t'en prie.

Que faire ? Elle ne pouvait pas le renvoyer comme un malpropre même s'il risquait de compromettre tous ses plans...

Elle vérifia en passant que le rideau de la véranda était fermé, lui prit le bouquet des mains et le poussa doucement vers la cuisine.

— Assieds-toi, proposa-t-elle d'un air enjoué. Je vais mettre ces fleurs dans un vase. Elles sont raviss...

Il l'interrompit en lui posant un index sur la bouche. Puis il se pencha vers elle et l'embrassa tendrement.

Les roses glissèrent de ses mains. Elle ferma les yeux et s'abandonna à son étreinte. Ce garçon l'envoûtait, littéralement. Comment résister à un tel charme ? Plus rien n'existait dans ses bras.

Piper baignait dans une lumière flamboyante, comme si elle faisait partie du coucher de soleil...

C'était une expérience magique ! Elle laissa son esprit vagabonder et repensa à son entretien avec Zeus, le maître des dieux et des hommes... Mais autour d'elle les couleurs changeaient : le jaune orangé se teinta de rouge et de violet… Elle eut un hoquet d'effroi quand elle réalisa que le soleil commençait à disparaître !

— Prue… murmura-t-elle. Où es-tu ?

La luminosité baissait de seconde en seconde.

— Oh, non…

Piper plaqua ses mains contre les parois de la capsule, cherchant en vain une issue. Sa respiration se faisait plus difficile…

Elle ferma les yeux.

Respire, se dit-elle. *Respire. Prue est la personne la plus responsable qui soit, et c'est ta grande sœur. Elle ne te laissera pas comme ça. Le soleil n'est pas encore couché…*

Malgré la panique qui l'envahissait, elle s'efforçait de garder les paupières closes, s'attendant à tout moment à se faire aspirer dans le long tunnel pour se retrouver à la maison en compagnie de son aînée.

Calme-toi. Aie confiance.

De longues minutes passèrent. Elle dut se rendre à l'évidence : elle était bel et bien prisonnière dans la capsule et l'obscurité régnait au-dehors. Le soleil s'était couché, sa sœur l'avait oubliée !

Ce qui signifiait qu'elle était coincée, au cœur de l'Olympe, pour vingt-quatre heures de plus !

— Prue ! cria-t-elle, perdue au milieu de l'espace sidéral. Où es-tu ?

Puis une pensée la glaça d'effroi : et s'il était arrivé quelque chose à sa sœur ?

Prue était toujours dans les bras de Mitchell et lui rendait son baiser avec passion. Le temps semblait s'être arrêté autour d'eux. Elle se laissait gagner par une douce euphorie quand un choc aussi violent qu'étrange la tira de son extase.

C'était comme une voix, un hurlement qui venait du plus profond de son esprit. Elle ouvrit les paupières et eut un vif mouvement de recul.

— Qu'y a-t-il ? s'inquiéta Mitchell devant sa mine catastrophée.

D'une main tremblante, elle lui indiqua la fenêtre, derrière lui.

— Je ne vois rien.

Précisément. C'était bien là, le problème. Il faisait nuit noire à l'extérieur !

Combien de temps avait duré ce baiser ? Elle réalisa, horrifiée, qu'elle avait oublié ses sœurs…

Elle avait raté le coucher du soleil ! Piper était prise au piège dans l'Olympe, ce qui retardait d'autant plus la libération de Phoebe… Jamais elle ne se le pardonnerait. Quelle égoïste elle était !

L'estomac noué, elle dut s'appuyer contre la table pour ne pas défaillir.

Réfléchis. Il y a certainement un moyen d'arranger ça. Réfléchis…

— Prue ? Que se passe-t-il ?

Il s'approcha d'elle et voulut la prendre dans ses bras, mais elle le repoussa sans ménagement. Elle devait retrouver son calme et réfléchir à tête reposée.

— Je… je viens de me rappeler quelque chose, balbutia-t-elle en se détournant. Il faut que tu partes, Mitchell. Je suis désolée, mais tu dois partir tout de suite.

— Je ne crois pas.

Elle se figea.

Avait-elle bien entendu ? La voix douce et tendre de Mitchell avait soudain pris un ton glacial, presque menaçant.

— Il est trop tard, continua-t-il avec satisfaction. Tu ne peux plus rien faire pour sauver tes sœurs, maintenant.

Prue fit volte-face. Et poussa un cri d'horreur. Le beau visage de Mitchell était en train de se tordre, sa peau prenait une teinte verdâtre et ses lèvres se déformaient en un rictus cruel, découvrant d'affreux crocs jaunes et dégoulinants de salive. Son corps aussi se métamorphosait. Ses membres s'allongeaient et se recouvraient d'écailles tandis qu'une queue lui poussait, avec des pointes tout du long.

Se dressait à présent devant la jeune sorcière la bête la plus immonde de tous les démons qui avaient envahi le manoir Halliwell, ces derniers jours. Il fit un pas vers elle et l'immobilisa en lui plantant les griffes dans les épaules. Elle sentit avec dégoût son haleine âcre et brûlante.

— Sans le Pouvoir des Trois, grogna-t-il, tu n'as aucune chance de sauver Phoebe. Et tout ça pour un baiser. C'est Nikos, mon seigneur, qui sera heureux de l'apprendre... Plus rien désormais ne peut empêcher ses noces !

CHAPITRE 10

— Non ! hurla Prue.

— Oh, si, rétorqua celui qui, quelques instants plus tôt, était encore le garçon le plus merveilleux du monde. Tu as abandonné ta sœur, Prue.

— Ce n'est… pas possible… Comment… ?

— Facile, réfléchis un peu.

Elle tenta de se rappeler leur première entrevue, à la bibliothèque. Il s'était montré si charmant et il… il lui avait montré ce livre… sur les portraits victoriens. C'est lui qui l'avait conduite sur cette piste… en sachant qu'elle l'emmènerait tout droit vers le royaume d'Hadès !

Et dire qu'elle s'était laissé prendre au piège comme une débutante. Elle s'était fait manipuler de bout en bout. Nikos avait absolument tout prévu.

Prue se rappela leur dîner, la veille : Mitchell avait curieusement insisté pour la prendre en photo… Mais la jeune femme, par timidité, avait refusé.

— Tu essayais donc de me renvoyer aux Enfers !

— Perspicace, ma belle. Tu te mets à tout comprendre, dis-moi ? Ce n'est malheureusement pas pour tes beaux yeux que je suis revenu ce soir, mais pour te piéger. J'espère que tu as aimé…

Il émit un ricanement rauque et s'approcha pour l'embrasser encore. Horrifiée, Prue se détourna juste à temps. La rage lui décuplant les forces, elle réussit à se dégager et l'envoya valser à l'autre bout de la cuisine. Il atterrit sur la table, qui se brisa sous son poids.

Ce qui ne fit qu'augmenter la fureur de Prue. Elle en avait assez de voir tous les démons de la Création venir l'un après l'autre casser les meubles de la maison. Ça suffisait à la fin !

Elle se concentra et mit toute son énergie dans l'attaque suivante. Levant les mains devant elle, elle les agita avec frénésie.

Mitchell, qui n'avait pas eu le temps de se relever, fut projeté contre le mur derrière lui. La sorcière attrapa un rouleau à pâtisserie sur le comptoir et le roua de coups.

Le monstre se recroquevilla par terre mais ce n'était qu'une feinte pour lui saisir la cheville. Ses griffes s'enfoncèrent dans sa peau et la jeune femme hurla de douleur. Il se releva et l'attrapa à la gorge. La respiration coupée, elle n'osait bouger, sentant ses ongles tranchants prêts à resserrer leur étau.

Sans le Pouvoir des Trois, elle ne viendrait pas à bout de ce monstre. Il était bien trop puissant.

— Tu fais moins la maligne, hein ? grogna Mitchell en fouettant l'air de sa queue hérissée.

Elle eut alors une idée. Réunissant ce qui lui restait d'énergie, Prue commanda à la queue de s'enrouler autour du cou de Mitchell. Surpris, ce dernier vacilla et relâcha sa victime, portant ses pattes griffues à son cou. La jeune femme recula de quelques pas et se concentra de nouveau. Il ne fallait pas qu'il puisse redevenir maître de ses membres.

Elle le regarda s'étouffer avec un petit sourire satisfait.

S'il croyait réussir à s'interposer entre mes sœurs et moi, il a sous-estimé mes pouvoirs !

— Tu disais ? ironisa-t-elle en claquant des doigts.

Tout en le maintenant fermement à la gorge, sa queue le tirait avec force hors de la cuisine. Il traversa l'entrée en titubant. Prue refit un geste de la main et il fut envoyé directement devant l'entrée de la véranda. Sa respiration devenait rauque et ses yeux étaient exorbités.

Elle le contourna d'un air dégoûté pour ouvrir la tenture de velours, puis, d'une pichenette, le plaça au pied des mannequins endormis. Il lui adressait un regard glauque et suppliant.

— Oh, Mitchell… murmura-t-elle sur un ton chargé de fausse pitié.

Il ne réussit qu'à émettre un vague râle.

Elle haussa les épaules, se dirigea vers l'appareil photo de Nikos, glissa la tête sous le drap de velours noir et fit le point sur le monstre.

— Dis : « Hadès ! » lui lança-t-elle au moment d'appuyer sur le déclencheur.

Arc-bouté par la douleur, Mitchell poussa un rugissement sauvage dès que sa queue eut relâché la pression. Sous la lumière du flash, ses os parurent se ramollir d'un seul coup et il s'effondra sous son propre poids... pour s'écrouler sur la projection astrale du beau Nikos. Ils se volatilisèrent tous deux dans une explosion éblouissante.

Prue se rua auprès des étudiants et s'assura qu'aucun d'entre eux n'avait été blessé par la désagrégation des deux créatures infernales. Elle poussa un profond soupir de soulagement en constatant qu'ils allaient tous bien.

Avec un peu de chance, plus aucun démon n'allait surgir de nulle part pour l'empêcher de porter secours à ses sœurs !

Elle referma le rideau de velours et se mit à réfléchir en faisant les cent pas dans le salon. Il y avait sûrement un moyen de réparer son oubli. Mais lequel ? Elle savait que le *Livre des Ombres* ne lui serait plus d'aucun secours, à présent. Il lui avait enseigné la façon d'envoyer Piper sur le mont Olympe puis de la faire revenir. Il ne pouvait prévoir son imprudence !

Le coucher du soleil… Comment avait-elle pu laisser passer un moment aussi important ?

Prue cessa brusquement d'arpenter le salon. Elle enrageait de s'être laissé prendre au piège pourtant si évident de Mitchell.

Quand je pense que ce gros monstre baveux m'a embrassée ! Berk !

Il avait dû se servir d'un charme puissant pour l'envoûter ainsi et lui faire oublier ses responsabilités.

Cela n'excusait en rien sa faute. Elle avait tout gâché, et ce genre de bévue n'était pas dans les habitudes de Prue Halliwell ! Surtout lorsque le destin de ses deux sœurs était en jeu.

Il lui fallait trouver une solution. Et vite.

Mais sa colère l'empêchait de réfléchir. Elle se sentait si seule et tellement impuissante. Désespérée, elle se laissa tomber dans le canapé, et contempla d'un air absent l'horloge comtoise dont le balancier allait et venait en égrenant les secondes. Des secondes tellement cruciales…

Ses yeux s'arrondirent soudain. Elle bondit sur ses pieds et se rua dans l'escalier.

— Comment n'y ai-je pas pensé plus tôt ? Quelle imbécile je suis !

Elle grimpa les marches quatre à quatre jusqu'au grenier.

Un sortilège temporel ! Voilà ce qu'il lui fallait. Les trois sœurs s'en étaient servi une fois pour remonter des siècles dans le passé; revenir à une heure ou deux en arrière ne devait pas être bien difficile.

— Phoebe a noté quelque part les paroles de cette formule. Il faut absolument que je retrouve ce bout de papier.

D'une main nerveuse, elle ouvrit le petit placard où sa sœur rangeait les charmes et les incantations que leur dictait le *Livre des Ombres*. Il y avait là, en vrac, toutes sortes de fioles et de potions, un journal qu'elle tenait sur les démons qu'elles avaient vaincus grâce au Pouvoir des Trois, et... des peluches qu'elle gardait depuis l'enfance.

Mon dieu, quel désordre!

Elle trouva dans une boîte plein de petits papiers où s'étalait l'écriture ronde de Phoebe.

— Un charme d'amour... Intéressant! Une incantation pour entrer en contact avec les morts... un autre charme d'amour... encore un autre... Phoebe!

Avec des gestes rageurs, elle poursuivit sa recherche et tomba enfin sur une feuille griffonnée des deux côtés.

— *Voyage dans le temps*... Hum... *dans le futur*... ce n'est pas ce que je veux. Ah, voilà... *dans le passé*. Parfait. Surtout, ne pas me tromper. Je n'ai plus droit à l'erreur, maintenant.

Après avoir mémorisé la formule, Prue glissa le papier dans la poche de son short et se mit à psalmodier, les yeux fermés :

— *Ce temps qui m'emprisonne, Donnez-moi le pouvoir de m'en échapper, Et de repartir vers le passé.*

Elle répéta trois fois les paroles magiques et rouvrit les paupières. Elle consulta immédiatement sa montre. Il était encore neuf heures du soir. Un coup d'œil par la lucarne lui confirma qu'il faisait toujours nuit ! Pourquoi le charme n'agissait-il pas ?

Consternée, Prue comprit soudain ce qui manquait : le Pouvoir des Trois. Elle laissa échapper un petit rire sec. Quelle ironie ! Il lui était impossible de sauver ses sœurs… sans ses sœurs !

Les larmes aux yeux, elle s'effondra dans le vieux fauteuil en cuir. Elle sentit quelque chose dans son dos. Elle se redressa et se retourna. C'était une vieille peluche ayant appartenu à Phoebe. Sans doute tombée du placard, quelques instants plus tôt, quand elle cherchait la formule magique.

Il s'agissait d'un petit chien, que sa sœur chérissait quand elle était enfant, et qu'elle avait prénommé Charles. Elle le traînait partout avec elle.

En le serrant dans ses bras, Prue ressentit la présence chaleureuse de sa jeune sœur. Un sourire illumina alors son visage.

— À défaut de les avoir près de moi, je peux trouver des objets leur ayant appartenu ! J'ai Charles… Il ne me reste plus qu'à trouver un objet cher à Piper. Peut-être qu'ils renferment un peu de leurs pouvoirs !

Elle se précipita dans la chambre de sa cadette et s'arrêta devant sa table de chevet pour réfléchir. Elle jeta un coup d'œil circulaire dans la pièce…

— Mais oui ! Le collier de grand-mère !

Elle tira de la boîte à bijoux de Piper une délicate chaîne en or, où pendaient un soleil et une lune stylisés, un cadeau que lui avait remis son aïeule avant de mourir.

La jeune femme remonta au grenier, passa la chaîne autour de son cou, serra la peluche entre ses mains, ferma les paupières et récita de nouveau l'incantation.

Une fois, deux fois, trois fois.

Une légère brise vint caresser son visage, balayant doucement ses cheveux.

Quand elle rouvrit les yeux, un timide rayon de soleil passait à travers la lucarne. Le ciel se zébrait de lueurs orangées.

Le cœur battant, Prue regarda sa montre : huit heures moins le quart. Super ! Il lui restait un quart d'heure avant le coucher du soleil !

Elle en aurait presque pleuré de joie… Elle embrassa Charles et le déposa délicatement dans le fauteuil, puis dégringola de nouveau l'escalier et fila dans la cuisine. Elle prit sur le comptoir la formule qui avait envoyé Piper sur le mont Olympe et s'installa sur le porche pour assister au coucher du soleil. L'astre lumineux disparaissait lentement derrière les arbres.

Avec les derniers rayons elle murmura l'incantation magique.

— *De l'Olympe, ramenez la voyageuse. Alors que se couche l'astre solaire, le ciel, désormais, ne peut la retenir. Que les nuées bienveillantes qui, hier, l'ont accueillie, aujourd'hui la relâchent et la laissent revenir…*

Retenant sa respiration, elle attendit que le charme agisse. Son cœur cognait tellement fort dans sa poitrine qu'elle n'entendait plus que lui.

Rien, il ne se passait rien.

Elle allait céder au désespoir quand une vive lumière venant de la fenêtre de la cuisine la fit se retourner.

Elle courut à l'intérieur de la maison et arriva au moment où Piper se matérialisait à côté de la table, ou du moins ce qu'il en restait.

— Piper ! Je suis tellement contente de te voir !

— Vraiment ? Où étais-tu quand le soleil s'est couché… pour la première fois ? Et que s'est-il passé ici ? Il y a eu une tornade, ou quoi ?

— Je… j'étais…

— Tu m'as oubliée, avoue-le ! Ce que tu faisais était donc si import… Dis-moi, c'est ma chaîne que tu portes, là !

— Oui, c'est une longue histoire, répondit Prue en riant malgré elle. Je te raconterai. Mais d'abord, est-ce que tu as pu rencontrer Zeus ?

— Oui, je l'ai vu. J'attendais mieux de sa part.

— Il ne veut pas nous aider ?

— Si, il m'a promis de protéger Phoebe des démons des Enfers.

— C'est génial, non ?

— Dans un sens, oui. Mais reste à l'en faire sortir ! Il ne peut intervenir directement dans le royaume de son frère, alors on est obligées d'aller la chercher nous-mêmes !

Prue crut défaillir. Un autre voyage dans le monde des morts ! Elle poussa un profond soupir de résignation. Elles n'avaient pas d'autre choix...

— L'appareil, dit-elle. On y va.

— Tu as raison. C'est reparti !

Les deux sœurs se placèrent de nouveau devant l'appareil ensorcelé.

— Et... les autres ? demanda Prue en désignant du menton les mannequins endormis. Ils sont protégés par Zeus, aussi ?

— Hum... il n'a rien voulu savoir des simples mortels... C'est notre problème, pas le sien !

— Ben voyons ! On va devoir arracher Phoebe des griffes de Nikos, *et* nous débrouiller pour ramener tout ce petit monde sur Terre ! Sans compter qu'on ne sait même pas où ils sont cachés...

Piper se contenta de hocher la tête d'un air désolé.

Prue allait appuyer sur le déclencheur quand Piper l'arrêta :

— Attends !

Elle lui ôta la chaîne qu'elle portait au cou et la déposa en sécurité sur la petite commode.

— Pas question que tu emportes ça dans ce pays de zombies. On va plutôt prendre ce coupe-papier en argent, et cet encrier en cristal. Pour Charon, ça fera bien l'affaire.

— Tu as raison, je l'avais complètement oublié, celui-là !

Elles se donnèrent la main et disparurent dans un flash éblouissant.

CHAPITRE 11

Seule dans sa chambre lugubre, Phoebe n'avait aucun moyen de mesurer le temps qui s'écoulait. Elle avait l'impression d'être là depuis une éternité...

Prisonnière de ce monde souterrain, elle finissait par se demander si son destin n'était pas désormais figé dans une nuit éternelle. Quelle angoisse !

Cela faisait des heures qu'elle restait recroquevillée dans le lit, les bras repliés sur son ventre. Son estomac criait famine, et toute cette nourriture devant elle ! Il n'y avait rien pour la distraire, dans cette chambre glacée. Pas un livre, pas une photo, rien !

Elle se leva, se dirigea à pas feutrés vers la porte, et plaqua une oreille contre la pierre humide. Un silence de mort régnait dans ces profondeurs.

Désespérée, elle se laissa glisser le long du mur, s'assit sur le sol froid et posa la tête sur ses genoux. Elle pensait aux étudiants qu'elle avait engagés pour la photo de Prue. Qu'étaient-ils devenus ? Maintenant que Nikos n'avait plus besoin d'eux, quel sort leur réservait-il ? Elle réfléchissait tout en tournant d'un air distrait la bague qu'elle portait à son index gauche.

La porte s'ouvrit avec un raclement désormais familier. Ce devait être encore une de ces femmes-serpents qui venait renouveler les victuailles.

Phoebe ne s'était pas trompée. La servante entra en ondulant et se dirigea droit vers la table basse pour y déposer un plateau, sans remarquer la captive, assise en boule près de l'entrée. Elle jeta un rapide coup d'œil au lit où elle crut la voir dormir. En effet, l'épais couvre-lit de velours rouge était repoussé sur le côté en un tas informe – un tas qui pouvait passer, de loin, pour une silhouette humaine.

Elle doit penser que je n'ai pas quitté le lit depuis tout à l'heure…

La créature lui tournait le dos et débarrassait les plats laissés par Jessica, avant de disposer sur la table de nouvelles gourmandises et boissons.

Il n'en fallut pas plus à Phoebe pour saisir cette chance inespérée de s'enfuir. Elle se glissa sans bruit dans le corridor glacé et s'éloigna sur la pointe des pieds.

— Où est-ce qu'on est ? s'étonna Prue en voyant le paysage qui s'étendait devant ses yeux. Ça n'a rien à voir avec le royaume d'Hadès !

— Non, on est dans un bateau ! fit Piper en esquissant une grimace.

— Ça, je vois.

Elles se trouvaient en effet dans une longue barque, équipée de deux rames, au beau milieu d'une magnifique étendue d'eau bleue. Un atoll... Que faisaient-elles là ?

Non loin, il y avait une île montagneuse, couverte de végétation tropicale, et bordée d'une plage de sable blanc.

— Une chose est sûre, c'est qu'on n'est pas sur l'Achéron, reprit Piper d'une voix peu rassurée.

— On ferait mieux de gagner le rivage, tu ne crois pas ? On y trouvera peut-être un portail sur les Enfers.

Saisissant chacune une rame, les deux sœurs se mirent à pagayer vers l'île. À mesure qu'elles avançaient, Prue scrutait le rivage mais ne distinguait rien de nouveau. Sauf, peut-être...

— Piper... murmura-t-elle soudain. Tu as vu ?

— Quoi ?

— Quelque chose qui bougeait, là-bas. Sur les rochers, près de l'entrée du lagon. C'était comme un flash sous le soleil. On aurait dit... quelqu'un.

— Tu es sûre ? Qu'est-ce que ça pourrait être ?

— Après tous les monstres que Nikos nous a envoyés, je m'attends au pire. En tout cas, qui ou quoi que ce soit, ça ne m'a pas l'air bienveillant.

— Faisons le tour de l'île et voyons s'il n'y a pas un endroit plus sûr pour accoster.

— Non, mieux vaut savoir tout de suite de quoi il s'agit. Et puis, le lagon semble être le meilleur chemin pour atteindre le rivage. Regarde tous les récifs de l'autre côté !

— Oui, tu as raison, et le temps presse. Allons-y !

— Tiens-toi prête à figer tout ce qui tentera de nous tomber dessus.

— Compte sur moi, je ne vais pas m'en priver !

Alors qu'elles progressaient lentement, de gros rochers apparaissaient à l'entrée du lagon. Mais toujours aucune trace de vie.

— Peut-être que la chose que tu as vue se cache derrière ces blocs de pierre, suggéra Piper.

— Ou peut-être que ce n'était que mon imagination.

C'est alors que Piper aperçut deux yeux derrière les rochers, qui les observaient avec intérêt.

— Hum… ce n'était pas ton imagination, Prue. Il y a bien quelqu'un qui nous regarde.

À son tour, Prue repéra l'espion. On aurait dit une femme, avec des cheveux hirsutes et d'immenses yeux comme deux puits sans fond. Elle attendit patiemment que la barque des deux sœurs s'approche, puis, sans crier gare, elle bondit au sommet du récif.

— Oh, non ! s'écria Piper.

— Mais… elle a des ailes !

— Des ailes, des plumes, des pieds palmés… Tu sais ce que c'est, Prue ?

— Non, mais je sens que tu vas me l'apprendre bientôt. C'est toi la spécialiste.

— Tout cela me rappelle vaguement quelque chose, mais je n'arrive pas à mettre un nom dessus… Ce n'est pas une Harpie, elle n'est pas assez moche.

Tandis que Piper passait en revue toutes les créatures de la mythologie grecque, deux autres femmes-oiseaux vinrent se poser à côté de la première.

— Elles ne semblent pas vouloir nous attaquer, observa Prue en restant sur ses gardes. Elles ont même l'air assez sympathiques. D'après toi, c'est bon signe ?

— J'espère.

Piper n'était cependant pas rassurée. Qui pouvaient bien être ces créatures étranges ? Quelque chose lui disait de se méfier de leur apparente bienveillance. La plus grande, celle qui semblait être leur chef, ouvrit alors la bouche…

La mémoire lui revint tout d'un coup !

Saisissant le bras de Prue, elle lui souffla :

— Je sais ! Des Sirènes. Surtout, n'écoute pas leur ch…

Elle n'eut pas le temps d'achever sa phrase qu'une douce mélodie s'éleva dans les airs, harmonieuse et envoûtante. C'était le chant le plus merveilleux qu'elles aient jamais entendu. Il les berçait et les rassurait tant et si bien qu'elles en oublièrent le reste.

Les deux sorcières se consultèrent du regard, un sourire conquis sur les lèvres. Elles pagayèrent jusqu'au rivage, entièrement sous le charme des sirènes, et posèrent le pied sur l'île avec une parfaite confiance.

Les créatures enchanteresses les rejoignirent en un battement d'ailes. Prue et Piper s'allongèrent alors sur le sable chaud, en espérant de toutes leurs forces que ce chant sublime ne s'arrête jamais.

Elles se sentaient bien, si merveilleusement bien. Toute tension avait disparu de leurs corps. C'était le pur bonheur, la béatitude parfaite.

D'un pas furtif, Phoebe traversa une série de corridors sans savoir où elle se dirigeait. Qu'importe ! Tout ce qui comptait, c'était de retrouver les cinq mannequins et quitter au plus vite l'antre de Nikos.

Le sol se fit plus rocailleux et le couloir plus sinueux, plus noir, à mesure qu'elle s'enfonçait dans les profondeurs de la Terre. Elle passa devant une salle immense où était dressée une table de banquet. Il n'y avait personne nulle part. Où donc étaient passés les habitants de ce sinistre royaume ? Et allait-elle enfin trouver une issue à ce labyrinthe infernal ?

Elle commençait à désespérer quand soudain le sol plongea en une pente vertigineuse. Elle mit ses mains en visière, mais ne parvint pas à distinguer dans la pénombre où cela menait. Des oubliettes… ?

Avant de s'engager plus avant, la jeune femme tendit l'oreille pour vérifier qu'elle était toujours seule. Elle n'entendait que son cœur battre la chamade. Soulevant les pans de sa lourde robe de velours, elle entreprit la longue descente, accélérant le pas malgré le terrain humide et glissant.

Après une longue marche, la pente se radoucit et le sol retrouva une horizontalité presque rassurante. De loin en loin brillait la faible lueur d'une torche, accrochée aux parois du couloir tortueux. Il y avait, tous les cinq ou dix mètres, une lourde porte en pierre, identique à celle qui fermait sa chambre.

Sûrement d'autres cellules, songea-t-elle.

— Chloé ? appela-t-elle doucement.

La pauvre fille, sans maquilleuse ni eau minérale à sa disposition, devait être morte de peur dans cet endroit sinistre.

— Chloé ! répéta-t-elle plus fort, en se disant que personne dans le château ne pourrait l'entendre. Madeleine ! Kurt ! Vous êtes là ?

Elle s'arrêta un instant pour souffler. À force de refuser toute nourriture, ses forces faiblissaient à vue d'œil. C'est alors qu'elle entendit un son étrange, comme une plainte. Mais si distante qu'elle lui parut presque irréelle.

— Chloé ! cria-t-elle. Madeleine !

Elle plaqua son oreille contre l'une des portes et entendit, cette fois plus distinctement, un cri étouffé.

— À l'aaaaaide !

— Oh, mon Dieu... Je suis là, je vous entends ! C'est moi, Phoebe ! Courage, je vais vous tirer de là !

Un sentiment d'impuissance chassa rapidement la joie de les avoir retrouvés... Elle s'adossa contre le mur humide et glacé, et ferma les yeux.

— Mais comment ? murmura-t-elle pour elle-même.

— Bonne question, Phoebe !

Elle sursauta et poussa un cri aigu en reconnaissant la voix moqueuse de Nikos. Il y eut un éclair et le prince des ténèbres se matérialisa devant elle, un sourire narquois sur les lèvres. Il la toisa longuement, prenant un malin plaisir à la voir céder à la panique.

— Je t'ai fait l'honneur de venir en personne te chercher dans ta chambre. Et j'ai eu la désagréable surprise de ne pas t'y trouver ! (La rage se lisait dans son regard froid.) Mon père offre un banquet en guise de réjouissances prénuptiales. Toute ma famille est là, avec les courtisans et les créatures qui me servent.

Voilà donc où ils étaient tous passés.

— Imagine un peu mon embarras, poursuivit-il d'une voix aigre.

— Et toi, imagine la douleur de ceux que tu as emprisonnés ! Tu n'as plus besoin d'eux. S'il te plaît, Nikos, renvoie-les sur terre.

— Ne sois pas naïve. C'est agaçant à la longue. Je t'ai offert de magnifiques vêtements, j'ai fait arranger ton horrible chevelure, je t'ai fait porter des mets délicieux, et la seule chose dont tu te soucies est le sort de mortels sans importance. Tu n'as donc aucune gratitude ? À moins que tu ne cherches à t'enfuir ?

Comme Phoebe restait muette, Nikos éclata de rire et ajouta :

— Tu n'as aucune chance de t'échapper, ma chère ! Pas plus que tu ne parviendras à te défaire de l'anneau que je t'ai glissé au doigt. Je te laisserais volontiers en compagnie de ces gueux si ma famille ne s'attendait pas à faire ta connaissance. Nous y allons, maintenant. Ne fais pas cette tête, demain matin, tu seras officiellement mon épouse.

— Demain ! Mais ton anniversaire n'est que dans…

— Trois jours, en effet. Cependant, ton entêtement me pousse à agir plus vite. Une fois que la cérémonie aura eu lieu, tu seras à moi. Rien ni personne ne saurait l'empêcher, si ce n'est Zeus lui-même ! Ce qui me semble tout à fait improbable.

Il ponctua ce petit discours par un rire sardonique. Puis il saisit violemment la jeune femme par le bras. Elle eut beau se débattre de toutes ses forces, elle se volatilisa avec lui et se matérialisa quelques secondes plus tard dans un petit vestibule.

À quelques pas, toute la cour d'Hadès était réunie dans une salle de banquet. Des rires s'élevaient dans la foule et les tintements des verres en cristal résonnaient comme un air de fête.

— Sois digne de l'honneur qu'on te fait, lui souffla Nikos avec autorité. Ne me crée pas d'embarras, cette fois. Sinon, c'est tout de suite que la cérémonie aura lieu !

CHAPITRE 12

Depuis combien de temps étaient-elles là, sur cette plage paradisiaque, à écouter le chant mélodieux des sirènes ? Prue l'ignorait mais elle n'avait qu'un désir : que cette musique délicieuse ne cesse jamais.

Leurs voix enchanteresses se turent soudainement. La jeune femme ouvrit les yeux, et fronça les sourcils. Elle voulait que cette musique recommence. Elle en avait besoin. Elle entendit Piper gémir à côté d'elle. Sa sœur aussi semblait regretter les chants envoûtants.

Les créatures ailées les fixaient d'un air sombre, et la plus grosse d'entre elles s'avança en sautillant sur ses pattes palmées. Prue vit avec horreur l'éclat d'une lame de couteau sous son aile !

Elle voulut crier, mais avait la langue tout engourdie. Elle n'arrivait même pas à bouger. Son corps pesait des tonnes !

— Piper… vite… balbutia-t-elle avec peine.

La sirène se pencha au-dessus d'elle, un rictus cruel déformant ses traits naguère si doux.

Paniquée, Prue réussit à lever une main et à claquer des doigts.

Pourvu que cela suffise…

Le peu d'énergie qu'elle rassembla envoya la créature en arrière. Ne s'attendant pas à une telle attaque, l'oiseau perdit l'équilibre et roula dans la mer. Gonflées d'eau, ses ailes l'empêchaient de revenir sur le rivage. Elle poussa un cri perçant qui secoua les deux sœurs telle une décharge électrique. Le souffle coupé, elles se redressèrent d'un bond, réalisant peu à peu ce qui venait de leur arriver.

— Prue… Ces sirènes… elles attirent les marins vers leur mort… en les hypnotisant comme elles l'ont fait avec nous. Elles essaient de nous tuer !

— Sauf qu'on ne va pas se laisser faire !

Elles se levèrent péniblement, les membres encore lourds. Prue se concentra et envoya les deux autres monstres rejoindre leur congénère. Mais elle avait du mal à tenir debout, ses jambes se dérobaient à chaque pas, et la première créature revenait déjà à la charge. Elle s'ébroua pour débarrasser ses ailes de l'eau et fondit sur les sorcières avec une rage décuplée.

— Piper !

— Compris !

La jeune femme figea immédiatement le temps. Les trois sirènes se pétrifièrent aussitôt, l'une en plein vol, les deux autres au milieu des vagues.

— On file ! cria Prue.

Bien qu'encore très faibles, elles réussirent à atteindre l'épaisse végétation tropicale qui tapissait le fond de la plage.

— Je me sens tellement… molle, souffla Piper avant de s'affaler sur le sable.

— Ne t'arrête pas ! Elles vont se réveiller et…

Un cri perçant coupa net la fin de sa phrase.

Jetant un coup d'œil par-dessus son épaule, Prue vit les trois horribles créatures de nouveau maîtresses de leurs mouvements.

— Vite, Piper, elles ne nous ont peut-être pas encore repérées. On court se planquer sous les arbres !

Malheureusement, les sirènes fondaient droit sur elles, les yeux étincelants de fureur.

En courant, Piper se sentait gênée par un objet contondant coincé dans la ceinture de son caleçon.

Le coupe-papier en argent de grand-mère Halliwell ! Avec les événements qui s'étaient enchaînés, elle l'avait complètement oublié… Elle le saisit puis fit soudain volte-face, l'arme brandie au-dessus de sa tête, bien en vue de ses assaillants. Dans son élan, l'un des monstres ailés vint s'empaler sur cette lame de fortune. Il poussa un râle de douleur et se volatilisa dans un nuage de fumée.

Ses deux compagnes, affolées, lâchèrent des piaillements gutturaux.

— C'est le moment de les figer ! lança Piper en levant les mains.

— Bravo ! Allez, on décolle avant que ces bestioles aient l'idée de se venger !

À présent assez solides pour courir à toutes jambes, les deux filles s'enfoncèrent dans la forêt qui s'étendait jusqu'au pied de la montagne. La végétation se faisait de plus en plus dense et elles durent ralentir la cadence. Prue se retournait de temps à autre pour s'assurer que les sirènes avaient abandonné leur poursuite.

— On est à l'abri, maintenant, fit observer Piper. Elles ne pourront sans doute pas voler dans ces feuillages. Ils sont trop épais.

— Je préfère quand même mettre le plus de distance possible entre elles et nous ! Quand je pense qu'on s'est laissé hypnotiser par leur voix ! C'est la deuxième fois que cela m'arrive et je déteste me faire manipuler comme ça.

— Tu sais, la légende raconte qu'aucun marin n'a su résister à leur chant, raconta Piper. Même Ulysse a dû se faire solidement attacher au mât de son bateau pour ne pas se jeter à l'eau. Je ne sais pas comment on a fait pour leur échapper.

— Une petite touche de sorcellerie, voilà tout ! Nous ne sommes pas les *Charmed* pour rien !

Elles poursuivirent leur chemin et, bientôt, longèrent un ruisseau. Au bout d'un kilomètre ou deux, Prue s'arrêta et appela sa sœur, qui marchait à quelques mètres devant elle.

— Piper !

— Oui ?

— Regarde autour de nous ! J'ai l'impression qu'on approche du domaine de Nikos.

— Tu… tu crois ?

Insensiblement, le sol était devenu boueux, et le frais parfum de la forêt avait disparu pour laisser place à une odeur âcre et entêtante.

— Les arbres n'ont plus une seule feuille. Et leurs troncs sont tout tordus… comme au bord du fleuve Achéron.

— C'est vrai. Et… la montagne, là-bas ! Tu te souviens, l'entrée de la grotte se trouvait en contrebas.

— Le ruisseau devrait nous y mener.

— Oui, d'ailleurs il commence à changer de débit. Tu entends, il devient plus fort.

— Phoebe, nous voilà ! s'écria Prue en levant haut les bras.

Installée à une place d'honneur, Phoebe tentait péniblement de garder les yeux ouverts. Heureusement que sa chaise, si richement ornée soit-elle, était inconfortable ! Le banquet n'en finissait pas, et les invités semblaient ravis. Ils buvaient et engloutissaient les plats les uns après les autres, riant aux éclats aux blagues les plus insignifiantes.

Jessica n'avait pas menti quand elle avait dit que la vie chez Hadès n'était qu'une fête interminable. Le regard vide des convives ne poussait guère à la conversation, et Phoebe, de toute façon, s'était refusée à répondre à la moindre question. Elle n'avait donc pas desserré les dents de la soirée. Devant son mutisme renfrogné, tous avaient choisi de faire comme si elle n'existait pas.

Un homme majestueux se tenait en bout de table, dominant l'assemblée. Ce devait être Hadès, le maître des Enfers. Dans son visage émacié, elle reconnut les yeux bleus et les mâchoires carrées de Nikos. Ses cheveux étaient tout aussi noirs mais striés de quelques mèches argentées. Elle s'attendait à rencontrer un personnage sévère et taciturne, et s'étonnait de sa bonhomie apparente. Mais pas plus que les autres il ne prêtait attention à sa future belle-fille.

Écœurée, Phoebe se détourna.

Pour la cent millième fois, ses yeux tombèrent sur les mets appétissants étalés devant elle. Elle soupira et regarda un instant Nikos, assis à quelques places de la sienne. Lui aussi festoyait, parfaitement indifférent à sa fiancée. Elle se sentait si lasse. Comment allait-elle tenir la nuit entière ?

Pour s'occuper les mains, elle saisit une grenade dans un somptueux panier richement décoré, et la fit rouler entre ses paumes. Petite, elle adorait ce fruit que sa grand-mère offrait pour les fêtes de Thanksgiving. Elle s'amusait à les décortiquer et à en croquer les grains juteux. Ils éclataient dans la bouche avec un petit bruit sec, et laissaient sur les lèvres une traînée rouge...

D'un geste absent, Phoebe commença à peler la grenade, puis l'ouvrit en deux pour découvrir les pépins regroupés au cœur du fruit. Sous la lumière tamisée, ils rougeoyaient tels des rubis... les mêmes que ceux qui ornaient sa bague.

Malgré elle, la jeune femme laissa entendre un petit sanglot. Cet anneau détestable était soudé à son doigt. Autant se résigner tout de suite : elle allait passer le reste de sa vie dans cet horrible palais, sombre et glacé, en compagnie de ces êtres insipides. Il n'y avait aucun espoir, aucune chance de s'échapper !

Elle ôta un à un les pépins de la grenade et les éparpilla sur la nappe. Puis elle les contempla. Ils avaient l'air si appétissants. Elle en prit un entre ses doigts et le regarda longuement... avant de le porter à ses lèvres.

— Phoebe, non !

Elle se figea. D'où venait cette voix ?

Jetant de rapides coups d'œil à ses compagnons de table, elle s'aperçut qu'aucun d'eux ne s'adressait à elle. Était-ce la faim qui lui faisait entendre des voix ?

— Derrière toi !

Le cœur battant, elle se retourna discrètement et aperçut sa sœur, accroupie derrière son siège.

— Piper… souffla-t-elle en lui attrapant la main sous la table.

Des larmes de joie lui montèrent aux yeux.

— Je… je croyais ne plus jamais te revoir.

— Tu as mangé quelque chose depuis que tu es ici ?

— Euh… non. J'essayais de faire la grève de la faim. Pourquoi ?

— Oh, tant mieux ! Surtout, tu n'avales pas la moindre miette de quoi que ce soit. On va te sortir d'ici. Prue est là, aussi.

— Où ça ?

— Là-bas, derrière la porte, à l'entrée de la salle. Ça fait un bout de temps qu'on vous observe. Personne ne semble faire attention à toi. C'est incroyable.

— On dirait qu'ils sont ensorcelés, ou drogués… C'est certainement à cause de la nourriture.

— Écoute, reprit Piper, si tu te lèves comme si de rien n'était, je suis sûre qu'ils ne le remarqueront pas. La preuve, je me suis faufilée jusqu'ici en passant totalement inaperçue.

— D'accord, j'essaie.

Phoebe jeta un coup d'œil autour d'elle. La fête battait son plein, tous continuaient à parler et à manger. Nikos trinquait avec une femme-serpent qui lui faisait du charme.

Beurk, songea-t-elle. *Qu'il se marie avec elle plutôt, moi, je mets les voiles.*

Elle repoussa sa lourde chaise et glissa prestement sur son siège. Une fois sous la table, elle se fraya un chemin entre les jambes des convives pour s'approcher le plus possible de la sortie. Elle dut rouler les pans de sa longue robe en boule afin de ne pas marcher dessus. Arrivée en bout de table, elle souleva un coin de la nappe et attendit que la voie soit libre. Enfin, elle s'élança vers la porte et se jeta littéralement au cou de Prue.

— Oh, comme je suis contente de te revoir ! s'écria-t-elle, les larmes aux yeux. Nikos voulait me forcer à l'épouser. Son père a décrété qu'il serait banni dans le monde des mortels s'il n'était marié le quinze août, et qu'il perdrait en même temps tous ses pouvoirs.

— Qu'y a-t-il de si spécial le quinze août ? s'étonna sa grande sœur en lui caressant les cheveux.

— C'est son anniversaire. Il aura vingt-cinq ans. Il faut qu'on parte tout de suite. Il a avancé la cérémonie du mariage à demain matin !

— On s'en va, Phoebe, ne t'inquiète pas, lui promit Prue. Mais il faut d'abord que tu me dises où se trouvent nos mannequins.

— Dans les oubliettes. Chaque cellule est fermée par une lourde dalle de pierre. J'espère que tes pouvoirs pourront les délivrer de là.

— Fais-moi confiance. Allez, montre-nous le chemin.

Les trois sœurs sortaient du vestibule lorsqu'une silhouette luminescente apparut devant elles. Nikos ! Son verre encore à la main, il avait dû quitter subrepticement le banquet quand il s'était rendu compte de la disparition de sa promise.

— Tu voulais encore me fausser compagnie ? lança-t-il avec un sourire cruel.

D'un geste rageur il jeta sa coupe de cristal au sol. Elle se brisa en mille éclats scintillants.

Puis il voulut gifler Phoebe ; déjà sa main s'abattait sur le visage de la jeune femme quand elle fut déviée sur le côté.

Emporté par son élan, il dut faire un pas en arrière pour ne pas perdre l'équilibre. Mais il revint immédiatement à la charge. Encore une fois sa main fut retenue par une force invisible.

— Quoi… ? Qu'est-ce que… ? balbutia-t-il sans comprendre.

— C'est juste une petite blague de Zeus, lui apprit Piper. Il a décidé que Phoebe était libre. Elle est sous sa protection. Nous sommes toutes les trois sous sa protection. Et nous rentrons chez nous.

Les yeux flamboyant de colère, Nikos poussa un cri de rage. Puis il se calma aussi soudainement, et un sourire démoniaque se dessina sur ses lèvres. Il se redressa de toute sa hauteur et les toisa, les bras croisés sur la poitrine.

— D'accord, vous avez Phoebe. Mais, *moi*, j'ai les autres. Vos jolis modèles. Cinq innocents, qui mourront, l'un après l'autre, jusqu'à ce que Phoebe accepte de m'épouser.

CHAPITRE 13

Nikos frappa dans ses mains. Aussitôt, cinq servantes accoururent et se prosternèrent à ses pieds.

— Allez me chercher les prisonniers ! ordonna-t-il.

Les femmes-serpents s'éloignèrent dans les couloirs et revinrent à peine quelques instants plus tard, portant les étudiants dans leurs bras. Ils avaient l'air hagard et épuisé. Le visage de Chloé, la ravissante blonde qui tenait le rôle d'Artémis, était pâle et amaigri ; Kurt avait les traits tirés et de gros cernes sous les yeux. Les créatures infernales les déposèrent à terre et, grelottant de froid, tenant à peine sur leurs jambes, ils se serrèrent les uns contre les autres.

En voyant Prue, Phoebe et Piper, Chloé fondit en larmes.

— Où étiez-vous ? Dans quel traquenard nous avez-vous entraînés ?

Nikos s'approcha d'elle, lui passa un bras possessif autour de la taille et l'entraîna sans ménagement à l'écart.

— Tu sais, tu finis vraiment par m'agacer, Chloé, siffla-t-il. C'est fatigant d'entendre tes jérémiades à longueur de journée.

La maintenant toujours fermement contre lui, il tira une dague de sa veste de velours et la lui plaqua contre la gorge.

Elle poussa un cri étouffé.

Instinctivement, Piper leva la main vers lui, en oubliant que son pouvoir de figer le temps et les êtres se montrait sans effet sur le maître des lieux. Quant à Prue, elle était prête à l'envoyer valser à l'autre bout du couloir s'il tentait quoi que ce soit sur Chloé.

Contre toute attente, il écarta la lame du cou de la jeune femme et la repoussa vers ses compagnons. D'un geste lent et précis, il fit disparaître son arme dans une de ses poches.

— Elle n'est pas digne de cette lame. Je laisserai mes mignons s'occuper d'elle en temps voulu.

Il claqua des doigts et, dans un nuage incandescent, apparut une sorte de lézard géant, à la peau écailleuse, et dont la puissante queue battait le sol avec fureur.

— Mitchell ! s'étrangla Prue.

— Mitchell ? répétèrent ses deux sœurs, atterrées.

— Mais… balbutia Piper, vous… vous étiez…

— Par le dieu des Enfers, s'exclama Nikos, la gent féminine est vraiment trop stupide ! Il suffit qu'un joli garçon vous fasse les yeux doux pour que vous succombiez à son charme ! Vous ne savez donc pas faire la différence entre Brad Pitt et un démon ? Moi qui vous croyais sorcières !

Le monstre ponctua la phrase de son maître en poussant un grondement rauque.

— N'ai-je pas mérité une petite récompense pour avoir mené à bien ma mission ?

— Si, évidemment. Je te laisse la blonde. À moins, bien sûr, que Phoebe n'accepte mes conditions.

Il s'était adossé contre le mur et dévisageait sa fiancée avec un air de défi.

— Non ! hurla-t-elle. Ne la touche pas !

— Alors, épouse-moi, suggéra-t-il avec un sourire carnassier.

Elle consulta ses sœurs du regard, se tourna vers Nikos, puis vers les étudiants, qui attendaient, toujours aussi terrifiés. Que devait-elle faire ? Sauver la vie de ces innocents et renoncer, par la même occasion, au Pouvoir des Trois et à sa vie terrestre ? Ou devait-elle sacrifier la belle Chloé ? Non. C'était impossible !

— Prue, Piper, murmura-t-elle l'esprit embrouillé. Aidez-moi !

Prue vit Mitchell s'avancer vers Chloé, figée d'effroi. Elle devait absolument intervenir. Mais comment ?

Nikos, quant à lui, affichait toujours un sourire narquois. C'est alors qu'une idée vint à Prue.

— Hé ! cria-t-elle au monstre.

Celui-ci se détourna aussitôt de Chloé et fit face à la jeune femme.

— Qui crois-tu effrayer dans ton accoutrement de démon ! Sous tes airs de méchant, je sais que tu n'es en réalité qu'une mauviette. Je n'ai pas eu de mal à te donner une raclée tout à l'heure, mais tu ne t'en es pas vanté auprès de ton maître, hein !

Elle prit alors ses sœurs à partie :

— J'ai vaincu ce minable en l'étouffant avec sa propre queue. Pathétique, non ?

— Qu'est-ce qu'elle nous fait ? grommela Phoebe entre ses dents.

— Je ne sais pas, répondit Piper. Mieux vaut entrer dans son jeu. Elle doit avoir une idée derrière la tête.

Mitchell prenait ces insultes très au sérieux. La gueule tordue par la colère, il fit un pas de plus vers Chloé.

— Et puis, continua Prue sur le même ton, pour ce qui est d'embrasser, j'ai vu mieux. Si tu n'avais pas mis un peu de magie dans les deux misérables baisers que tu m'as accordés, j'aurais vite bâillé d'ennui.

Cette fois, Mitchell s'arrêta net et fit volte-face, en laissant échapper une giclée de salive qui lui dégoulina sur le torse. Il jeta sur Prue un regard incendiaire avant de lui cracher :

— Ah, oui ? J'ai pourtant réussi à te faire oublier ta sœur ! Tu étais folle de moi, ne le nie pas.

— Folle de toi ? Oui, comment ai-je pu craquer pour un journaliste aussi miteux ? Tes articles sont ennuyeux à mourir, et tes reportages, d'une mièvrerie à pleurer !

Cette fois, c'en était trop. Oubliant Chloé, il poussa un rugissement sauvage et se jeta sur Prue, lui plantant ses griffes dans la peau et lui soufflant au visage son haleine fétide. Exactement comme il l'avait fait au manoir Halliwell.

— Tu dis n'importe quoi !

— Oh, non, rétorqua-t-elle, je sais parfaitement de quoi je parle ! Tu as vendu ton âme au prince des ténèbres. Tu as choisi de devenir un de ces mignons qui rampent à ses pieds, en échange de quoi ton corps de mortel a obtenu un poste de troisième ordre au *National Geographic*, ce qui restera sans doute le plus bel exploit de ta carrière !

Au hurlement de rage que poussa Mitchell, Prue sut qu'elle avait trouvé son point faible : sa fierté. Son métier était une véritable passion et il ne supportait pas qu'on le raille à ce sujet.

— Je sais ce qui te ronge, en réalité, poursuivit-elle en feignant de ne pas sentir la douleur qui lui vrillait les épaules. Tu n'es qu'un journaleux raté, tu n'as aucun talent. Sans Nikos, tu n'es rien. Rien !

Fou de rage, Mitchell lui donna un coup de patte. Ses griffes entaillèrent le visage de la sorcière, qui en eut le souffle coupé.

— Prue ! s'écrièrent en même temps Piper et Phoebe.

D'un geste de la main, elle leur fit comprendre que c'était sans importance. Tout cela sous l'œil amusé de Nikos, qui prenait un plaisir manifeste à cette confrontation.

— Ne vous inquiétez pas, les filles. Ce monstre de pacotille ne peut pas me faire de mal.

— Je te trouve bien sûre de toi ! Prue, mademoiselle Parfaite ! Qui contrôle toujours la situation ! Qui ne se démonte jamais ! Tout est tellement facile pour toi.

— Serait-on jaloux, par hasard ?

Il la frappa de nouveau, mais elle ne broncha pas.

— C'est tout ce dont tu es capable ? Tu me déçois !

La tension était à son comble. Il lui assena alors une volée de gifles... dont aucune n'atteignit son but. Canalisant sa colère pour la transformer en énergie, Prue esquiva chacun des coups de Mitchell, avant de les bloquer et de les lui renvoyer, plus forts encore. Complètement sonné, il relâcha sa poigne et tituba en arrière.

— Fige-le ! ordonna-t-elle à Piper, qui s'exécuta aussitôt.

Pétrifié et en pleine confusion, Mitchell était hors d'état de nuire... pour quelques instants, du moins. Prue en profita pour l'envoyer valser contre le mur de pierre. La puissance de l'impact lui rendit ses esprits, mais il resta écroulé à terre, pantelant. Secouant sa tête de lézard, il jeta autour de lui un regard embrumé.

— Que... Comment est-ce possible ?

— Piper ! cria Prue à sa sœur, qui se fit un plaisir d'obéir.

Les deux sorcières renouvelèrent l'opération jusqu'à ce qu'il demande grâce.

— Arrêtez ! C'est bon ! C'est trop, je n'en peux plus...

— Lève-toi, gros tas ! s'insurgea alors Nikos, qui n'était pas du tout d'accord avec la façon dont tournaient les choses.

Mais le monstre restait à terre, incapable de se relever.

— Tu es mon esclave ! Tu fais ce que je t'ordonne ! Allez, tue cette fille, maintenant !

— Piper... dit Prue.

— Non ! Ne recommencez pas ! implora Mitchell. Pitié...

— Vaincu par une femme ! lança Nikos, furieux. Pauvre créature minable !

— Tu aurais pu me prêter main-forte, lui reprocha ce dernier.

— Un prince ne s'abaisse pas à un vulgaire corps à corps. Je laisse cela aux démons de ton espèce. Et puis, je voulais voir ce dont tu étais capable. À présent, je sais. Tu ne m'es plus d'aucune utilité, désormais.

— Quoi !? Mais… on avait conclu un marché !

Il rampa jusqu'aux pieds de Nikos et s'accrocha à ses chevilles.

— S'il te plaît, ne me tue pas ! Nous avions un marché…

— Si tu tiens tant que ça à ta misérable existence, je te l'accorde ! Pour ce qu'elle vaut… Quant à notre accord, il n'a plus lieu d'être.

Nikos agita une main et, à l'instant même, Mitchell reprit sa forme humaine. Mais il n'était plus aussi beau qu'avant. La honte et la peur déformaient ses traits et les rendaient grotesques.

— Je… je ne comprends pas, bredouilla-t-il.

— Tu es libre… soupira son maître sans même le regarder. Va-t'en. Tu n'as plus rien à faire au royaume d'Hadès. Retourne sur Terre, reprends ton rôle d'humain. Ennuyeux. Et mortel.

— Mais… et ma carrière ?

— Débrouille-toi tout seul ! C'est le prix de ta liberté.

Sur ce, Nikos claqua des doigts, et le pauvre Mitchell disparut aussitôt.

Le fiancé de Phoebe grimaça de dégoût et sortit à nouveau sa dague.

— Bon, j'imagine que je vais devoir me charger moi-même de cette sale besogne. Les démons ne sont plus ce qu'ils étaient…

D'un pas rageur, il s'avança vers Chloé, la saisit violemment par le bras et fit scintiller la lame devant son nez, ce qui la fit hurler de terreur.

— Phoebe… supplia-t-elle. S'il te plaît…

— Oui, Phoebe, reprit Nikos. Revenons-en au fait. Ta main… ou la vie de Chloé ?

La jeune femme ouvrit la bouche, s'apprêtant à accepter son offre répugnante de se marier à lui pour sauver la vie des étudiants. Mais son aînée la prit de vitesse :

— *Ce temps qui m'emprisonne, Donnez-moi le pouvoir de m'en échapper !*

Phoebe et Nikos se retournèrent dans un même élan.

— Qu'est-ce que c'est ? railla-t-il. Un poème d'adieu ?

— Si l'on veut, oui, répondit-elle en sortant de son short un morceau de papier. *Ce temps qui m'emprisonne, Donne-moi le pouvoir de m'en échapper, Et de fuir au-devant de lui.*

Phoebe secoua la tête d'un air pensif. *Je connais ce poème…*

Elle sursauta. *Ce n'est pas un poème ! C'est ma formule pour voyager dans le temps ! Mais… ?*

Piper aussi dévisageait Prue sans comprendre. Elle avait reconnu la formule magique dès les premiers mots, mais, pour quoi faire… ?

Prue jeta un regard appuyé à ses sœurs, comme pour les inciter à lui faire confiance, à la suivre, et surtout à répéter l'incantation avec le Pouvoir des Trois.

Phoebe lui fit un signe d'encouragement de la tête et Piper arrondit les yeux en comprenant soudain où voulait en venir sa sœur.

Alors que les trois sorcières unissaient leur énergie magique, Nikos se rua sur Prue.

— Que faites-vous ? Je vous conseille d'arrêter tout de suite. Sinon, vous allez le regretter !

La jeune femme ignora ses menaces et continua de psalmodier doucement les mots du sortilège.

— Ça suffit ! hurla Nikos avant de retourner vers Chloé.

— *Donnez-nous le pouvoir de nous en échapper…*

— Je vais la tuer ! tonna le prince des ténèbres en brandissant son arme.

— *Et de fuir au-devant de lui.*

Une bourrasque se leva et s'engouffra dans le vestibule, les plaquant tous contre les murs. Nikos vit sa dague lui être arrachée.

Il poussa un cri de rage et claqua des doigts pour la faire réapparaître dans ses mains, mais sa lame ne lui obéissait pas.

— Quoi !?

À la fois déconcerté et ivre de colère, il se redressa et ferma les yeux. Prue comprit son intention de se dématérialiser.

Mais rien ne se passa.

— Mes... mes pouvoirs ! cria-t-il. Que m'arrive-t-il... ?

— Vous savez quel jour on est, les filles ? demanda soudain Prue en regardant sa montre. Le quinze ! Nous sommes le quinze août !

— Mon anniversaire... murmura Nikos d'un air consterné. Mais ce n'est pas aujourd'hui !

— Un petit voyage dans le temps, expliqua Phoebe. Un tour de passe-passe typiquement Halliwell. Eh oui, on vient de sauter trois jours !

— Non ! s'écria-t-il, pris de panique. C'est impossible !

— Désolée, mais il va falloir t'y faire ! railla Phoebe avec un petit sourire triomphant. Et qu'est-ce que tu m'as dit, déjà ? Ah, oui... que ton père t'avait jeté un sort ; que s'il n'y avait pas d'anneau à ton doigt le jour de tes vingt-cinq ans, tu serais banni... là-haut. Condamné à mener une existence banale, à errer parmi les mortels, sans aucun pouvoir magique. Dommage...

Anéanti, incrédule, Nikos tomba à genoux.

— Non... Ce n'est pas possible...

— Voyons, Nikos, reprenez-vous, lui dit alors Prue. La vie d'artiste a parfois du bon ! Vous n'étiez pas mauvais peintre, d'après ce que m'a dit ma petite sœur.

Sur ces mots, elle claqua des doigts en imitant son air hautain. Le jeune homme fut soulevé à quelques centimètres du sol avant de se volatiliser dans une explosion éblouissante.

Le fils d'Hadès était définitivement banni du royaume des morts.

Phoebe jeta alors un coup d'œil à la salle à manger. Personne ne semblait avoir été perturbé par ce qui venait de se passer.

— On dirait que ceux-là ne s'arrêteront jamais de faire la fête. Il vaudrait quand même mieux filer d'ici avant qu'ils ne se rendent compte de la disparition de leur prince.

Prenant les étudiants par la main, les trois sorcières les entraînèrent à travers les couloirs du palais souterrain.

Une fois dehors, ils remontèrent le cours d'eau. Après quelques mètres, Prue suggéra à ses sœurs :

— Je propose de ressortir des Enfers par la « porte principale », si personne n'y voit d'inconvénient. Je préfère cent fois avoir affaire à Charon qu'à ces redoutables sirènes. D'autant qu'il nous reste de quoi le payer.

Elle extirpa le précieux encrier en cristal de la poche de son short.

— Et nos mannequins ? demanda Piper. Tu crois qu'ils supporteront la marche ?

— Il faudra bien. La vraie question est de savoir si *nous* on pourra supporter Chloé !

— Ce qui compte surtout, ajouta Phoebe, c'est qu'on ait retrouvé le Pouvoir des Trois. C'est notre force et, avec elle, on est invincibles !

CHAPITRE 14

— Il y a quelqu'un ? appela Prue en claquant la porte d'entrée du manoir Halliwell.

Elle traversa le couloir, puis le salon en courant et s'arrêta sur le seuil du jardin d'hiver. Personne. Ouf ! Le sortilège était bien rompu.

Contournant la Gorgone pétrifiée, elle se dirigea ensuite vers la cuisine, où elle trouva ses sœurs assises à table. Piper sirotait un thé glacé, et Phoebe se préparait un énorme sandwich au poulet et à la mayonnaise.

Devant ce spectacle, Prue ne put réprimer un éclat de rire.

— Quoi ? protesta Phoebe en repoussant une mèche blonde de son visage. Tu sais bien que je meurs littéralement de faim après mes cours de peinture !

— J'espère qu'il n'y a pas un mystérieux et beau jeune homme nouveau sur le campus !

Prue attrapa une pomme sur le comptoir et vint s'installer avec ses sœurs.

— Le seul homme de ma vie, en ce moment, c'est Van Gogh.

— J'ai quand même du mal à croire qu'il y a une semaine à peine on errait dans les Enfers…

— Avec cinq apprentis mannequins ! renchérit Piper.

— Heureusement qu'ils ne se souvenaient de rien en se réveillant, reprit Phoebe avant de glisser une olive dans sa bouche.

— Oui, ajouta Prue, un petit voyage dans le temps a suffi à effacer leur sieste de deux jours.

— C'était un peu plus facile que de récupérer mes cheveux blonds, grommela Phoebe. Trois heures pour réparer les dégâts infligés par Nikos ! La coiffeuse a cru devenir dingue… après m'avoir traitée moi-même de folle pour avoir fait une chose pareille.

— Tu m'étonnes ! sourit Piper. Au fait, Prue, vu ta mine radieuse, tu dois avoir quelque chose d'important à nous annoncer. Je me trompe ?

— Non, effectivement. Je sors du *415* (elle se releva, fouilla dans son sac à main et en tira une photo), M. Cadwell a trouvé mon cliché « magique ».

Elle pouffa de rire.

— Magique ? répéta Phoebe. Perspicace, ton patron.

— Et il me confie la couverture du prochain numéro !

— Oh, c'est génial ! la félicita Piper en lui sautant au cou pour l'embrasser.

— Voilà, tu lui en as mis plein la vue, dit Phoebe. C'est ce qu'il voulait, non ? Et tu n'as pas eu à vendre ton âme pour ça ! Je savais que tu avais du talent !

— Oh ! J'ai failli oublié de vous montrer ça, les filles.

Elle brandit un journal, le feuilleta rapidement et s'arrêta à l'une des dernières pages.

— La rubrique nécrologique… s'étonna Phoebe. Qu'est-ce qui te fait sourire, Prue ? On connaît ce type ? Il est mort, bon. À quatre-vingt-dix ans, ça n'a rien de surprenant.

— Non, ce n'est pas ça que je te montre. Regarde, en bas, le nom du journaliste.

— Mitchell Pearl… lut Piper en écarquillant les yeux. Quoi ? *Ton* Mitchell ?

— Parfaitement. Sans les diaboliques relations de Nikos, il a dû se faire virer de l'équipe de reporters du *National Geographic*.

Les trois sœurs éclatèrent de rire.

— Et, à propos, notre tout nouveau mortel, Nikos ? s'enquit Piper. Quelqu'un l'a vu dans les parages ?

Phoebe secoua la tête.

— Peut-être que je devrais aller voir au zoo, chez les reptiles. J'ai cru comprendre qu'il aimait les serpents.

— En tout cas, je crois qu'on a battu un record, déclara Prue en croquant à belles dents dans sa pomme. Deux Halliwell qui tombent sous le charme de deux démons en même temps ! C'est incroyable, non ?

— Oui, c'est incroyable, répéta Phoebe, songeuse. On n'a vraiment pas de chance avec les hommes !

— Peut-être, mais au moins vous ne vous ennuyez pas, dans la vie, se plaignit Piper.

— Et toi, tu t'ennuies, peut-être ? s'indigna Prue. Tu viens de rencontrer Zeus en personne, tu as battu à plates coutures Cerbère, le gardien des Enfers, une Harpie, des sirènes et, pour couronner le tout, tu as fait une balade dans le royaume d'Hadès ! Qu'est-ce qu'il te faut de plus !

— Oui, c'est vrai. J'avais oublié ces *petits* détails...

Ses sœurs roulèrent des yeux de façon théâtrale, ce qui la fit sourire.

— Et puis, tu n'as pas à t'inquiéter pour les jours à venir, reprit Phoebe, il y aura bien encore un démon ou deux pour venir nous embêter !

— Peut-être, intervint Prue, mais avec le Pouvoir des Trois, rappelez-vous, nous sommes...

— Invincibles ! crièrent-elles ensemble.

Dans la même collection

Charmed

1. Le pouvoir des trois
2. Le baiser des ténèbres
3. Le sortilège écarlate
4. Quand le passé revient
5. Rituel vaudou
6. Menaces de mort
7. Le violon ensorcelé
8. Le secret des druides
9. La fiancée de Nikos

Composition : Francisco *Compo*
61290 Longny-au-Perche

Impression réalisée sur Presse Offset par

BRODARD & TAUPIN

GROUPE CPI

La Flèche (Sarthe), le 20-08-2003
N° d'impression : 19135

Dépôt légal : août 2003

Imprimé en France

POCKET *jeunesse*

12, avenue d'Italie • 75627 PARIS Cedex 13

Tél. : 01.44.16.05.00